鬼の生贄花嫁と甘い契りを

湊祥

STARTS
スターツ出版株式会社

生贄花嫁である私を迎えに来た彼は見目麗しい鬼。
彼が突然、頬に手を添える。
そして、突然顔が近づいてくる——。
——血を吸われるんだ。
わかっていた運命だけど思わず目をつむった。
だけど、そんな私になんとあなたは。
「俺の愛しい花嫁」
そう言って、甘い口づけをした——。

目次

鬼の生贄花嫁と甘い契りを

プロローグ　桔梗の花束

家族に文句を言われないように凛が念入りに洗い上げたはずの洗濯物は、無残に庭先に散乱していた。

その中の一枚をこれ見よがしに踏みつけながら、凛の二歳下の妹である蘭がほくそ笑む。

「あーあ、汚れちゃったわね。もう一回洗い直して、さっさと干してよね」

「…………」

時間をかけて綺麗に洗い上げた洗濯物の変わり果てた姿に、凛は思わず言葉を失ってしまう。しかし……。

「なによ、返事は」

「……はい」

凛はやっとのことで声を絞り出した。

十歳の凛にとって、家族四人分の洗濯はなかなかの重労働だった。

洗濯機を回すだけの作業ではないのだ。母や妹のお洒落着は丁寧に手洗いをして陰干しし、靴下などの汚れやすい衣類は、余洗いで汚れを浮かせてから洗濯機に入れないといけない。

手順をひとつでも忘れたり誤ったりしたら、家族に恫喝され、食事も抜かれてしまうのだ。

だからいつも通り、丁寧に確認しながら凜は洗濯を進めた。

あとは籠の中に山盛りになった洗濯物たちを、庭の物干しざおに干すだけだった。

しかし、蘭の気まぐれによって洗濯籠はひっくり返されてしまった。数々の洗濯物は洗う前よりも汚されてしまい、一からやり直さなければならない。

――早くしないと。

蘭のこんな行動はよくあることだった。理不尽とは思わない。家族からどんな仕打ちをされようとも、そう思ったことなどいまだかつてない。

生まれながらにして家族に迷惑をかけている自分は、そうされて当たり前なのだ。

洗濯物を拾い集めていたら、庭の隅で赤黒いなにかが動いたように見えた。

気になって、それが見えた場所へと凜は近づいたが、そこには誰の姿もなかった。

見間違いかと、すぐに作業に戻ろうとする。

しかし立ち去る間際に、それを発見した。

「花……？」

紫やピンク、白の花が束になって置かれている。花の直径は、どれもだいたい五センチくらいだろうか。茎は十センチほどの長さに切り揃(そろ)えられていた。

明らかに人の手によるものだった。誰かが花を摘み取り、束にしてこの場所に置いたのだ。

――いったい誰が？　なんのためにここに花を置いたのだろう。

「確か、桔梗……だったかな」

　この辺で自生していて、よく見る花だったので知っていた。

　星のような形の愛らしい花弁。浴衣や着物の柄でも定番であるため、控えめな和の印象があるが、とても美しくかわいらしい花だと思う。

　凛は花束を手に取った。どこか優しくさわやかな香りが鼻腔をくすぐる。その匂いと花の美しさは、凛に清々しさをもたらした。

　まるで凛の陰鬱な気持ちを浄化させてくれるような、安らぎを与えてくれるような。

　しばらくの間、洗濯のことも忘れてただじっと桔梗に見入っていると。

「ちょっと！　なにサボってんのよ！」

　家の中から金切り声が響いてきて、びくりと身を震わせる。

　吐き出し窓から蘭が身を乗り出して、忌々しげに凛を睨みつけていた。

「す、すみません……！」

　凛は慌ててそう言うと、洗濯物が散乱している場所へと駆け戻る。

　桔梗の花束たちは、エプロンの大きな前ポケットに慌てて入れてしまった。

　結局その後、洗濯を終えるのが遅かったという理由で食事は抜かれてしまった。

　しかし凛はさほど落ち込まなかった。

日常茶飯事だからという理由ももちろんあったが、桔梗の花束を眺めると、空腹も虚しさも、その時だけ忘れることができたのだ。

しかし家族に見つかったら捨てられてしまうので、花瓶に飾ることなどは叶わない。

ポケットに忍ばせておいた桔梗はすぐに枯れてしまった。

なぜかその時、凛は生まれて初めて深い喪失感を味わったのだった。

第一章　生贄花嫁

婚礼衣装の色打掛は、想像以上に重かった。

しかも、足場がデコボコしている洞窟の中。先ほど着付け師から歩き方をレクチャーされたけれど、話半分に聞いていた凛はうまく歩けない。

――確か、かかとは開いてつま先は閉じて、すり足気味に歩くんだったかな。

そんなことを言われたのを思い出して歩いたら、幾分かスムーズに進めるようになった。

他にも美しく見えるようにするにはとか、花嫁らしい楚々とした姿勢とは、なんて話もされたような気がする。

だけど、凛にとってはどうでもよかった。今日で使命を終える自分がどう見られたって、今さら大した問題ではない。

洞窟はちゃちなライトが数メートル置きに天井から吊るされているだけで、薄暗い。滅多に人の往来のない場所だから仕方がないだろう。

ここは、人間が住む国と、あやかしが住まう国をつなぐ通路のひとつだった。

二十歳を迎えたばかりの凛は今日、鬼の若殿の花嫁となる。

しかし花嫁とは名ばかりで、実際は生贄も同然だった。凛のような立場の者を、『生贄花嫁』と呼ぶのも人間界では通例となっている。

凛は百年に一度の頻度で人間の女性から生まれる、非常に稀な体質だった。鬼に好まれる血である、〝夜血（やけつ）〟の持ち主なのだ。

夜血の乙女は太古の昔から、鬼の若殿の元へ嫁ぐのが習わしだった。それは、人間とあやかしが友好的な関係を築きつつある現代の日本でも、変わらずに残されている風習だ。

鬼はあやかしの中でもっとも勢力のある種族だ。そんな鬼の次期頭領に、稀有（けう）な存在である夜血の乙女を捧（ささ）げることは、現代でもあやかしが人間の支配者であることを暗に表している。

また、現在のあやかし界の頭領は鬼ではなく龍族だが、凛が嫁ぐ次期若殿は相当な実力者らしく、次期あやかし頭領として最有力候補と言われている。

そのため、夜血の乙女だと発覚してから、凛は傷ひとつつかぬよう周囲から丁重に扱われた。

鬼の若殿の機嫌を損ねたら、人間たちはどんな目に遭うかわからない。生贄花嫁として最高の状態で、鬼の若殿に献上しなければならなかった。

しかし、表向きは花嫁としてあやかしたちに盛大に迎えられるということになっているが、事実は異なっている。

鬼の好物である血の乙女。きっと献上されれば、鬼に血をすべて吸われてしまうだろう。

人間界では、生贄花嫁の末路はそういう認識で通っていた。

つまり、生贄花嫁の凛は鬼の若殿に血を吸われ、今日にも命を落とす。

しかし凛は、そんな自分の運命を素直に受け入れていた。なぜなら、やっと自分の生まれてきた意味がわかったのだから。

生贄花嫁の儀式に参加する花嫁の家族や、政府の高官、神職の一行は洞窟内部の開けた場所まで進むと、足を止めた。

そこには生贄花嫁が登る簡素な造りの祭壇が設営されていた。

「とても綺麗よ、凛」

「そうだなあ、ここまで育ててきたかいがあったよ」

「お姉ちゃん、よかったね」

祭壇の前で、凛の父母と妹が涙ぐんだ声で言う。長女の晴れ姿に、心から感動している様子だった。

よかったと、凛も心から思う。自分が夜血の持ち主だと判明する前は、家族たちからずっと冷たくされていた。

『お前なんか生まれたせいで』『なんでうちに来たの』『お姉ちゃんのせいで、親戚からハブられてるんだよ！』なんて暴言を毎日のように吐かれていた。

凛は生まれつき両の瞳が深紅の色をしていた。人間にはほぼあり得ない色を。しかし、あやかしではよくある瞳の色だ。

その上、両親とも日本人らしい黒髪で、肌は薄橙色なのに対し、凛の髪はほんのり茶色がかっており、肌も雪のように白かった。

それらの特徴は人間の中で稀有というほどではないはずだが、両親の遺伝子を無視した凛の外見は、周囲からますます異質に映った。

そのため、凛の母親はあやかしとの子を成したのではないか、凛には悪いあやかしが憑りついているのではないかとか、親族の間では噂された。

もともと家柄のよかった父方の親族からは、体裁が悪いと言われ絶縁状態となった。

父の兄弟たちは実家から多額の援助を受けて豪邸に住んでいるにもかかわらず、凛の父親はその恩恵をいっさい受けられなくなったのだった。

その結果、凛の一家は貧乏……とまではいかなかったが、本来できるはずの贅沢な暮らしからは程遠い、サラリーマンである父親の平均的な年収だけが頼りの平々凡々な生活を送ることになってしまった。

両親は、凛の出生によって険悪な関係となり、一時は離婚寸前まで揉めたらしい。

しかし妹の蘭が生まれ、彼女をかわいがることで仲を取り戻したのだと、凛は嫌味交じりで両親から聞いたことがある。

物心ついた頃から、凛はなぜ自分がこの世に生まれてきたのだろうと考えていた。

家族に迷惑をかけることしかできない、自分が。

しかし数カ月前交通事故に遭った時、凛の運命が変わった。

幸い軽傷で済んだが結構な出血量だったので、輸血の可能性があり念のため血液検査をした。結局輸血は必要なかったが、その時に凛が夜血の持ち主だと発覚したのだ。

それからは、やっと自分が生まれた意味を見出すことができるようになった。

夜血の乙女が出た家には、政府から多額の報奨金が支払われる。大切な家族を鬼の元へと嫁がせるのだから当然なのだろう。凛がそれまでどんな環境で育ったかはさておき。

絶縁していた親戚も『鬼の若殿の花嫁なんて鼻が高い』と、以前とは打って変わって笑顔で接してくれるようになった。

自分が夜血の持ち主だったおかげで、家族がよい暮らしをできるようになった。今までかけていた迷惑を、やっと帳消しにすることができたのだ。

凛は心からホッとしていた。血を吸われて死ぬらしいが、恐怖はいっさいない。やっと自分の使命を果たせるという解放感しかなかった。

——もう、余計なことは考えなくていいんだもんね。

つらい生活を強いられている家族への申し訳なさも、存在意義のない自分への劣等感も。そのすべてから今日は解き放たれるのだ。

神職からお清めのためのお祓(はら)いを施され、やたらと苦い神酒を飲まされた後、とうとう花嫁として祭壇に上がる時間がやってきた。

凛の家族や政府の高官たちは、祭壇から少し離れた場所に整列している。鬼の若殿が祭壇上の花嫁を迎えに来るまでそこで見守るのだ。

「行ってまいります」

凛は潔い微笑みを浮かべて、整列している面々に向かって挨拶をした。

感極まって涙を流す家族たち、無表情の高官たちを一瞥(いちべつ)した後、凛はゆっくりと祭壇に登った。

そして色打掛の裾を気にしながら正座をし、少し高い場所から辺りを見回す。

――鬼の若殿はすぐに来てくれるのかな。

洞窟内は隙間風が吹いていて、かなり寒かった。中に何枚も着込めるはずの色打掛だが、面倒だった凛は肌着を重ね着していなかった。

使命を全うしてすぐに尽きる命なのだから、防寒なんてどうでもいいと着付けの時に思ったのだ。

凛を見守っている人たちは皆、真冬の防寒着を着用しながらも白い息を吐いている。

その時、一段と強い風が洞窟内にぴゅうと吹いた。

砂埃(すなぼこり)を感じた凛は反射的に目を閉じる。花嫁を見守る一団からも「わっ」と風に驚いたような声が聞こえてきた。

風がある程度収まって瞼（まぶた）を開く凜。すると……。

凜が正座している祭壇の目の前に、彼はいた。

長身痩躯（そうく）で、黒い紋付き袴（はかま）を着ていた。ところどころ赤みがかった黒髪の毛先と袴の裾が、風でゆらゆらと揺れている。

彼は般若の面を装着していたため、そのご尊顔を拝むことは叶わない。

だが、全身から発せられている高貴な威圧感と伸びた背筋の美しい佇（たたず）まいから、崇高なる存在であると肌で感じられた。

——この人が、鬼の若殿。

御年二十七歳だと政府の高官からは聞いていた。

現在の若殿は人目に触れることを嫌っているらしく、顔はメディアでは明らかにされていない。もちろん凜も、彼の顔は知らなかった。

——別に、顔なんてどうでもいいけれど。血を吸われるまでの付き合いなのだから。

自身の天命をごく自然に受け入れている凜は、いっさい動じることなく若殿を見据えた。視界の隅には、若殿の登場に動揺している様子の家族たちがちらりと映る。

「なぜ俺の花嫁が寒がっておる」

面をつけたまま、若殿は低い声でそう言った。透き通るような美声ながら、機嫌の悪そうな声色をまとっている。

「えっ……！　あ、あの……」

思ってもみないことを尋ねられたのか、政府高官は慌てた様子だった。

鬼は凛に面を向けたまま、続ける。

「大事な夜血の乙女……花嫁だ。手がかじかんでいるではないか。こんなに寒い格好をさせて。大切に扱っていないのか？」

――え。寒いのは私が肌着を重ねるのを断ったせいなのだけど。

若殿に嫌味をぶつけられた高官を哀れに思う凛。

『いえ、私自身のせいです』と口を開こうとしたが、その前に高官がうろたえた様子で弁明した。

「いえ、決してそういうわけでは！　も、もう尽きる命ですし……」

だよね、と凛も共感する。だが……。

「……なに？」

若殿が、怒気のはらんだ声を上げる。

目の前の事態を他人事のように思っていた凛ですら、その声の威圧感には一瞬身を震わせた。

若殿は首をゆっくりと高官の方へ向けると、面の奥から静かな怒りを発する。

「俺が花嫁として娶るのだぞ。尽きる命とは？　鬼は人を食わないことを知らぬのか。まさか人間は、いまだにあやかしすべてが人を食らうという古臭い考えなのか？」

若殿の言葉通り、鬼は人を食わない。

鬼が人体の中で好むのは夜血の乙女の血のみであり、それ以外は人間とほぼ同じ食生活を送っているというのが通説だ。

しかし、人肉が好物のあやかしも多いため、少し前まではあやかしすべてが人を食らう存在だと考えられていた。

だが現代では、小学校の教科書に『人を食らう種のあやかしとそうでない種がいる。また、あやかしが人を食べることは法律で禁止されている』と記されているほどだ。

「め、めっそうもございません！」

政府の高官も、そのことはもちろん知っているはず。凛を『尽きる命』と表現したのは、夜血の乙女なのだから若殿に血を吸われて死ぬ存在だと見なしているからだろう。

無論凛自身もそう思っているため、若殿の発言の方が意外だった。

目を見開いて若殿を見るも、彼は相変わらず高官に般若の面を向けていた。

「鬼の花嫁をぞんざいに扱うなど、あってはならぬこと。あやかしと人間は友好な関係を近年では築いてきたはずだが」

「も、もちろんです！　今後も……」

「だが我らは、人間側からは粗末な扱いを受けているようだ。なに、構わん。そちらがその気なら、昔のような関係に戻しても我らは構わぬのだぞ」

　昔のような関係。それは、あやかしが人里に自由に下りてきて、思いのままに人を襲い、食らい、搾取する。

　あやかしにとっては恣意的な、人間にとっては恐怖の関係のことだ。

「粗末など……！　めっそうもございません！　若殿さま、どうかお許しください」

　政府の高官は、勢いよくその場で土下座をした。

　いつもはテレビの中で尊大に振る舞っている彼がひれ伏す姿に、さすがに凛は呆気（あっけ）にとられてしまった。

　それまでハラハラとした様子で事態を見守っていた他の高官や神職、凛の家族たちも、倣うように跪（ひざまず）いて頭を下げる。

　するとようやく若殿は高官から目を逸らし、凛の方を向いた。

　恐ろしい形相の般若の面が間近に見えて、凛は背筋を伸ばす。

　彼はなにも言わずに面の奥から凛をしばらく見た後、無言で彼女を抱きかかえた。

　初めて触れ合った鬼という存在。色打掛越しに感じる体温は意外にも温かい。

　自分の血を好物としているのだから、きっと恐ろしいほどに冷ややかな存在なのだろうと凛は思い込んでいた。

「そのままひと晩ひれ伏していろ」

若殿は土下座している連中に冷淡な声でそう言い放つと、地を蹴った。そして凛を抱えたまま、疾風のごとく洞窟の中を駆けていく。

凛が入ってきたのとは反対方向。そう、あやかしたちが住まう国へとつながる出口の方へと。

目にも留まらぬ速さで若殿に運ばれていく凛。

――若殿は、『花嫁として娶るのだぞ』なんて話していたけれど、きっと人間たちがいる手前そう言っただけだよね。高官の言葉の通り、私はもう尽きる命なはず。どうして大切に扱わなかったって、真剣に怒っていたんだろう？

そんな疑問を浮かべている間に、視界が急に開けた。

洞窟を出た先は、青々とした木々が茂った森の中だった。洞窟の中よりは随分温かく、木々の枝の隙間から漏れる日の光が眩しい。

若殿は凛を丁寧に地に下ろした。凛は色打掛の重さを感じながらも背筋を伸ばして彼と対峙した。

ようやく般若の面を取った若殿の姿を前にして、凛は驚愕し息を呑む。

――なんて綺麗な人……じゃなくて、あやかし。

大きく切れ長の瞳は濃い紅色の光を煌々と宿していて、その美しさに一瞬で見惚れてしまった。

形のよい鼻梁に、薄いがどこかなまめかしい唇は、大人の男性の色気を醸し出している。陶器のように滑らかそうな素肌にはシミひとつ見当たらない。

鬼が見目麗しい生き物だということは人間界でも常識だ。凛ももちろん存じていたが、まさかこれほどまでとは。

神様が『最高に美しい生物を作り上げてみよう』と決起し、苦心して作り上げたのが鬼だと言われても、納得がいく。

だが、凛を驚かせたのは彼の美しさだけではなかった。

恐ろしい形相だった般若の面の奥に潜んでいたのは、あまりにも優しい微笑みだった。

彼は目を細めて、愛おしむように凛を見ている。まるで心から愛している家族や恋人を眺めるかのように。

――鬼って怖いあやかしなんじゃなかったっけ？　それに、彼はこの後私の血を吸うんだよね？

あやかしと友好な関係を築きつつある現代でも、昔から言い伝えられているおとぎ話は各地に残っている。

それらに登場する鬼は、人を襲ったり騙したりと、人間が恐れおののく対象でしかない。

また、凛がテレビで見たことのある鬼たちは、美しかったが皆、冷たい表情をしていた覚えがある。

だからそんなイメージの鬼にこんなに優しく微笑まれて、凛は戸惑ってしまった。

「すまない。君が寒かったようだから、急いで連れてきてしまったよ」

洞窟内で聞いたのと同じ、透き通るような美声で鬼は言う。

だが、先ほど彼が発していた威圧感はゼロだ。代わりにあったのは、沁みるような穏やかさ。

「えっと、その……」

――さっきなんで私が寒がっていることに怒っていたのです？　どうしてそんなに優しい顔をしているの？　私の血をこの後吸うんですよね？

聞きたいことがたくさんありすぎて、言葉が出てこない。

「あ、もしかして俺を怖がっているのか？」

口ごもる凛を見て、鬼はそう考えたようだった。合点がいったように苦笑を浮かべる。

「さっきのはちょっとした冗談だよ。あまりにも君が寒そうだったから、そんな仕打ちをした人間に怒ってしまっただけ」

「ちょっとした、冗談……」

たぶんあの人たちは命じられた通りひと晩中土下座しているに違いないけど、と凛は思う。

表向きではあやかしと人間は対等な立場だが、リアルでは違う。強いあやかしは弱い人間を搾取する立場だと、人間には遺伝子レベルで刻み込まれてしまっている。

「私の血は、いつ吸うのですか？」

もっとも尋ねたかったことを、凛は静かに問う。

なんなら、洞窟内で鬼の若殿に血を吸われて死ぬ、くらいの勢いで生贄花嫁の運命を考えていた。

だからこんなふうに連れてこられ、優しい声をかけられては困ってしまう。だって自分は、この先のことなどまるで考えていなかったのだから。

すると鬼は一瞬目を丸くした後、おかしそうに笑った。

「ははっ。そんなことするわけないだろう。しかし、俺たちはやはりまだ人間たちにそう思われているんだな。何気にショックだ。まあ実際に、あやかしの中でも人間を下等扱いする者は少なくないが……」

「え、違うのですか？」

意外すぎる鬼の返答に、凛はきょとんとしてしまう。鬼はそんな彼女に近づき、まっすぐに見つめる。

「確かに君の血は、俺にとってこの上ないくらい美味だろう。だけど、君は花嫁として俺に献上されたんだ。だから君は俺の最愛の花嫁だ。それ以外の何者でもない。大事な花嫁の血を吸うなど、あり得ないだろう？」

さも当然のような言い方だった。

一般的に花嫁とは、幸せの象徴だ。愛し合っている花婿と婚礼の儀をかわし、末永く愛を育み、大切にされる、というのが人間界でも通説である。しかし……。

「わ、私は花嫁は花嫁でも、生贄花嫁で」

「……人間界で君がどんな立場なのかは俺は知らない。だが俺は、今日自分の花嫁をもらい受けに来ただけだ。何度でも言う。君は俺の最愛の花嫁だ」

強いが優しい視線をぶつけながら、鬼ははっきりと告げた。

「私が、最愛の花嫁……」

予想外のことに、凛はただ戸惑うばかりだった。

――この人、本当に私の血を吸わないの？　どうしよう。私の生きる役目は、今日で終わるはずだったのに。

生きるしがらみからやっと解放されるつもりだった凛。しかしどうやら自分の命がまだ終わらないことになったらしく、困ってしまった。

「俺の名は伊吹だ。鬼の間では『伊吹童子』なんて呼ばれているけど、伊吹でいい」

「伊吹……」

確か、広葉樹の種類のひとつの名前だ。爽やかで懐の深そうな名前だなと凛は思う。

「君は？」

「……凛、です」

「凛か、響きのよい名前だな。凛。今日から君と俺は夫婦だ」

伊吹はそう言うと、彼女の顎にそっと手を添えて、頬に優しく口づけをした。

突然のことになにが起こったかわからず、凛は固まってしまう。しかしなにをされたかを理解した瞬間、体が内側からカーッと熱くなった。

――い、いきなり頬にキスって。でも、夫婦ならこれくらい当たり前ってこと……？

ドギマギしている凛を見て、伊吹は少し妖しく、色気のある笑みを浮かべる。それはとても嬉しそうな微笑みに見えた。

――本当に、私の血を吸わないの？　どうして？　だって、私の血はあなたにとって極上の味なのでしょう？　それに、なぜ。

ずっと誰からも必要とされなかった、夜血を持つことでやっと人並みになれたできそこないの自分なんかを嫁に迎えるというのに、なぜそんなに嬉しそうな顔をするのだろうか。

――変わった人……鬼なんだなあ。

その後、伊吹に連れられて彼の屋敷に向かう道中、凜はずっとそんなことを考えていた。

伊吹の屋敷は、洞窟から少し離れた場所にあった。だが、一瞬で到着してしまった。『これから俺の屋敷に行くぞ』と伊吹は宣言すると、凜を抱えて疾風のように駆けていったからだ。

屋敷は平屋の瓦ぶき屋根の日本家屋で、建物の前には手入れの行き届いた日本庭園が広がっていた。

松や紅葉が整然と並ぶ中に、鹿威し(ししおど)の鳴る池があるのが見えた。

屋敷の周囲は林で囲まれており、他に建物は見当たらない。随分辺鄙(へんぴ)な場所だ。

鬼の若殿なのだから、町の中心の豪邸にでも住んでいるのかと思っていたけれど、先ほどからどんどんイメージが覆されていく。

凜は気持ちが落ち着かないまま伊吹に手を引かれて屋敷の中へと足を踏み入れた。

「国茂(くにしげ)、帰ったぞ」

玄関に入ってすぐに伊吹がそう声をかけると、長い廊下の奥からかわいらしいあやかしがとてとてとてと歩いてきた。

尻尾が幾重にも分かれた、猫又（ねこまた）というあやかしだった。

ふわふわの被毛の上に、作務衣を着てたすき掛けをしている。黒白のハチワレ柄でくりくりとした瞳が愛らしい。

「お帰り、伊吹。……あっ、その子が花嫁？」

国茂と呼ばれた猫又は、おそらく伊吹の従者なのだろう。しかし伊吹にへりくだる様子はなく、まるで友人のような言葉遣いだったので、凛は意外に思った。

「ああ、そうだよ。連れて帰ると話していた子だ」

伊吹は国茂の態度を気にした様子もなく、朗らかに答える。いつもふたりはこんな感じらしい。

国茂は凛をマジマジと見ながら、こう言った。

「へー、この子がねえ。初めて見る顔だな」

「それはそうだ。凛は人間だからな」

「えっ、マジで!?」

国茂は、ただでさえふさふさの尻尾の毛をボワッと爆発させた。どうやら大変驚いたらしい。

「ああ、マジだよ。先ほど頬に口づけをしたから、人間の匂いは消えているだろうけどね。そういうわけだから俺と同じように……いや、俺以上に丁重に扱ってくれ。人間の体は脆(もろ)いからな」

　国茂は目を細め、凛を頭のてっぺんから足の先まで観察するように眺める。

「うーんそうかあ、人間かあ……。うん、わかったよ。凛ちゃん、僕は伊吹の従者の国茂だ。身の回りの世話をするから、困ったことがあれば遠慮なく申しつけておくれ」

「あ……。は、はい」

　国茂にいきなり話を振られ、ぼんやりとふたりの会話を聞いていた凛が慌てて返事をすると。

「しかし、血は争えないねぇ」

　国茂は不敵に微笑むと、伊吹に意味深に言う。

　伊吹はそれにはなにも答えずに、草履を脱いで玄関から上がった。

「おいで」と声をかけられたので、凛も慌てて草履を脱ぐ。

「凛、その花嫁衣装はとてもかわいらしいが、疲れるだろう。体も冷えてしまったようだし。とりあえず風呂に入っては」

「お風呂ですか……。わかりました」

　いまだに、鬼に血を吸われることなく自分が生きていて、屋敷に迎えられている現実についていけていない凛は、とにかく伊吹の言われるがままにしかできない。

「お風呂ね。うん、用意しといたからすぐに入れるよ」

「ありがとう、国茂」

そんな会話を国茂と交わし、伊吹は廊下を進んだ。

凛は慌てて後を追うが、伊吹が思ったよりもゆっくり歩いていたのか、足元が危うい色打掛でも悠々とついていくことができた。

——私に歩調を合わせてくれているのかな。そうだとしたら、なんて気配り上手なあやかしなのだろう。

本当に彼は鬼なのだろうかと、またまた凛は思ってしまう。

浴室の前にたどり着き、伊吹が足を止めた。

「ここだよ。それなりに広いから、ふたりで入っても余裕だと思う」

「そうなのですか……え、ふ、ふたり!?」

ずっと他人事のように事態を見守っていた凛も、さすがに驚いて叫んでしまう。

——ふ、ふたりでって。この人、一緒にお風呂に入る気なの!?

「あ、あの待ってください。まさか伊吹さん、私と一緒にお風呂に……？」

「そうだが？　夫婦なのだから、当然だろう」

本当にさも当然のように、きょとんとして伊吹は言う。

「あ、あの。さすがにそれは……。心の準備が、ですね」

「どうしてだい？　夫婦なのに」

「わ、私はあなたに血を吸われてもう死ぬんだと思っていましたから。夫婦として一緒に過ごすとおっしゃられましても、まだ気持ちが追いついていないのです」

自分の今の気持ちをやっと正直に伝える凛。伝えないと、本当にこのまま入浴を共にされるかと思ったから必死だった。

すると伊吹は目をぱちくりとさせて何回か瞬きをし……。

「……そうか。わかった」

シュンとして、心から残念そうな顔をする。

鬼の若殿という大層な身分の者の意外な姿を、ちょっとかわいらしいと凛が思っていると。

ダダダダという、廊下を乱暴に走る音が響いてきた。何事かと凛は音のした方を振り向く。

見ると、輝くような金の髪をした青年が血相を変えてこちらに走ってきていた。

黒いパーカーにジーンズといった、人間の若者がするような格好をしている。あやかしは和装のイメージがあったから、予想外な姿に驚いてしまう。

――人間の男性……？　いや、あやかしよね。

あやかしの国に人間が入ることは可能だが、警護をつけたお偉いさんや配送業者といった一部の外せない用事がある者のみが基本だ。

鬼の若殿の家で廊下を走り回る人間など、いるはずがない。

彼は伊吹と凛の前で急ブレーキをかけるような形で足を止める。

年の頃は、二十歳である凛と同じくらいだろう。彼も伊吹に負けず劣らず整った容貌だが、伊吹がキリリとした印象なのとは対照的で、垂れ目でかわいらしい顔立ちをしていた。

髪と同色の金の瞳は、凛を驚いたように見つめている。そして……。

「マジで人間の女の子だ!?　本物の人間女子だー！」

興奮した声で、叫ぶように彼は言った。どうやら凛が人間ということに食いついているらしい。

――あ、彼は私の血を吸いたいのかな。

ひょっとすると、初めからこの金髪の彼に血を吸わせるために伊吹は自分をここに連れてきたのかもしれない。

伊吹の優しい微笑みや行動のすべてが偽りとはどうしても思えなかったけれど、この金髪の男性に吸われて死んでしまう凛に対して、最後に慈悲を与えてくれたのだと考えると納得がいく。

——それならば、どうぞ吸ってくださって構わないです。

いまだに生贄花嫁としての運命から抗う気の起きない凛は、金髪の男性をぼんやりと眺めながら、そんなことを考えるが。

「やっぱり超かわいいい！　あやかしの女どもと違って偉そうな感じがないっ。人間女子最高ぉっ！」

金髪の彼は鼻息を荒くしながら凛に詰め寄り、相変わらず興奮した様子で絶叫した。

「え……？」

意外な言葉に、凛は呆気にとられる。

——超かわいい？

生まれてこの方、自分に向けられたことがないような褒め言葉を初対面の男性に言われ、脳が理解できず、ぽかんと口を開けてしまう。

すると伊吹が、金髪の彼を凛から引き離すように押しのけた。

「……ったく。落ち着け、鞍馬」

「はあ!?　これが落ち着いてられるっ？　だって人間の女の子だよ！　国茂に聞いて、まさかって思って飛んできたけど、マジで伊吹、人間の女の子嫁にすんの!?」

「マジだが」

「えええ！　ずっるーい！」

伊吹に鞍馬と呼ばれた男性は、心底うらやましそうに言った。

「あ、あの……。えっと……」

予想外の展開にたじたじになっていた凛はやっと口を開く。

すると伊吹は、苦笑を浮かべながらこう答える。

「ああ、すまない凛。紹介が遅れたね。こいつは俺の弟の鞍馬だ。母親が違うから、鞍馬は鬼ではなくて天狗のあやかしなんだけれど。この屋敷に一緒に住んでいるんだ」

「凛ちゃんって言うのか！　名前までかわいいなあ～。というわけで、俺鞍馬！　よろしくねっ」

「あ……。はい、よろしくお願い、します……」

鬼ではなくて天狗のあやかしか。見た目はふたりとも人間とほぼ変わらないから、そう言われても『そうなんだ』と凛は納得するしかない。

だが、確か天狗は人間の肉も血も食べない種族だったはず。ならば、凛の血が欲しいわけではないようだ。

――私が人間であることに興味があるのは、本当に人間の女の子がかわいいって思っているからなの？

そう考えた凛が鞍馬をじっと見つめると、彼は照れたように笑う。

「いやー、そんなに見られると恥ずかしいなあ。あ、もしかして俺のかっこよさに気づいた？」

「そんなわけないだろう、馬鹿。凛、聞いてわかる通り、鞍馬は人間に対して深く興味がある奴なんだ。最近の若いあやかしには多いんだけど、人間の服飾や文化の流行を追うのが好きで、特に人間の女子に並々ならぬ幻想を抱いているんだよ」

「はあ……」

まさか、鞍馬のように人間の文化を好むあやかしが多く存在するなんて、と凛は意外に感じる。

人間もあやかしも、若者は柔軟な考えなのだろうか。

伊吹の言葉を聞いた鞍馬は、ムッとしたような面持ちになった。

「なんだよー、幻想って！　人間の女の子はめっちゃキュートなんだぞ!?　服だって化粧だってセンスいいし、あやかしと違ってお高く留まってる子も少ないし！　つーか、伊吹だって凛ちゃんを嫁にもらってるんだから、人間女子かわいい派なんだろ!?」

「は？　俺は凛だからだ。別に人間だのあやかしだので決めてないよ」

はっきりと断言する伊吹に、凛は眉をひそめた。

――『凛だから』って、どうして？　だって私は夜血を持つということ以外、ただの人間なはずなのに。

　そもそも伊吹とも出会ったばかりだ。それなのに『凛だから』と、伊吹が自分を選ぶ理由がとんと思いつかなかった。

「あー、そうですかお熱いですねっ！　ねえ凛ちゃん。伊吹やめて俺にしなーい？」

「おい！　凛は俺の嫁だと言っているだろうがっ。そろそろ怒るぞ！」

「あは。なんだよ冗談だって。もう伊吹は頭硬いなあ」

　悪戯（いたずら）っぽく微笑む鞍馬に、伊吹は不機嫌そうに眉をひそめる。

「いや、絶対あわよくばと狙っているだろお前。……そうだ、凛はこれから風呂に入るんだった。もう鞍馬はどっか行けよ」

「あー、そうだったの？　じゃあ凛ちゃん、またねー！」

　困惑している凛に向かって鞍馬は満面の笑みを浮かべると、手を振って、来た廊下を戻っていった。

「なんだかすまない凛。騒がしい奴で。まあ、あれでも心根は優しい奴だから」

　伊吹は少し申し訳なさそうに言った。

「あ……。いえ、大丈夫です」

　前衛的な鞍馬の考え方は確かに凛を驚かせた。

　だが、伊吹が『凛だから』と自分を嫁にした件について理由づけたことに対しての方が、やはり戸惑いが大きい。

気になりながらも、伊吹に促されて凛は入浴することにした。もちろん、ひとりで。重苦しい色打掛を脱衣所で脱ぎ捨て、浴室へとつながるすりガラスの扉を凛は開ける。

すると温かい空気が流れ込んできて、凛の冷えた手先に染みた。

浴室は、いわゆるヒノキ風呂だった。優しい木目の見える長方形の大きな浴槽とすのこが、穏やかな空間を演出している。

浴槽からは白い湯気が立ち込めていて、よさそうなお湯加減に見えた。

——こんな立派なお風呂……。しかもたぶん一番風呂だと思うけれど、私なんかがいただいていいのかな。

凛の実家の浴室は、日本の中流家庭の戸建てにはよくあるユニットバスだった。それなりに広く現代的な機能も備わっていたが、凛がその恩恵を受けることはほぼなかった。

凛が入浴できるのは、家族三人の入浴が終わり、凛がすべての雑用をやり終えた後。また、『追い炊きはしないでね。電気代がもったいないから。シャワーの使用も最低限に』と両親に命じられていたので、凛は素直に従っていた。

存在意義のない自分が風呂をいただけるだけでもありがたいと思っていたため、冷めきった湯船に入ることに別に不満はなかった。

「……なんて温かいの」

ヒノキの湯桶と風呂椅子を使わせてもらって、体を軽く洗い流した後に湯船につかると、その湯の温かさに思わずそんな声が出た。

家事や雑用で汚れた体を洗い流すための、無機質な場所だった風呂への印象とはまるで違う、冷えた体に染み渡る少し熱めのお湯。

そして、温かみのあるヒノキの色と匂い。浴槽から立ち込める優しい蒸気。

すべてが、凛の中にあった〝お風呂〟という概念とは異なっていた。

なんて優しくて心地いい空間なのだろう。

だが、同時に『私なんかがこんなにいいお風呂に入っていいのか』と、やはり感じてしまう。

今日、自分は与えられた使命を全うして、死ぬはずだった。自分もそれを心から受け入れていた。それなのに、なぜのうのうと生きながらえているのだろう。

しかし、生贄花嫁として献上されたことには変わりがないということにも気づく。もちろん、献上後の扱いは予想外のものではあったけれど。

――家族の役に立つことはできた……よね。

洞窟の中でひと悶着あった後、伊吹はすぐに凛をあやかしの国へと連れ去った。

人間たちは、凛がその後どうなったのかは知らないはずだ。きっと、鬼の若殿に血を吸われて息絶えただろう、と思っているに違いない。

ということは、凛の家族は夜血の乙女を生贄花嫁として捧げた一族として、政府からの恩恵はしっかりと受けているだろう。

一般的な日本国民の生涯年収の五倍以上とも言われる報奨金を得ているはずだ。

――それなら、私は使命をちゃんと終えている……？

凛は初めて『もしかすると、私は死ななくてもいいのでは』ということに気づいた。まだ、生きていても許される存在なのでは、と。

それはもしかしたら、伊吹のちょっとした気まぐれなのかもしれない。

かわいそうな人間の女に、少し夢を見させてあげようと考えた彼の、暇つぶし。遊びに飽きたら、やっぱり血を吸いつくされてしまうのかもしれない。

だから伊吹の花嫁としてここで末永く暮らすなんてこと、考えない方がいい。

そう自分自身に言い聞かせる。

しかし、『凛。今日から君と俺は夫婦だ』と宣言した時の伊吹の朗らかで優しい微笑みを思い出すと、凛にはどうしても、鬼の若殿が自分を本当に花嫁として愛そうとしているのではないかという考えが捨てきれなかった。

入浴の後、凛は国茂が用意してくれた桔梗柄の浴衣に着替えた。

浴衣の着付けは、母や妹を着付けるためにひと通り知っていた。しかし、凛が浴衣を着る機会など夜血の乙女と発覚するまでは与えられなかったし、発覚後は発覚後で他人に着付けられることになったので、自分自身で着用するための浴衣の着付けは、少々苦労した。

人を着付けるのと自分で着るのとでは、かなり勝手が違ったのだ。

なんとか不格好には見えないように浴衣を着てから脱衣所を出る。

入浴後は、事前に案内されていた寝室へと来るよう伊吹に言われていた。つまり、夫婦の寝室だ。

凛の足取りが少し重くなる。

一応、新婚初夜という状況だ。今から起こりえることについては一応知識としては知っている。

生まれながらにして疎まれてきた自分は、男性に見初められた経験などもちろんない。だからこの後のことを想像すると、少し緊張してしまう。

とはいえ、拒否をすることなど凛の頭にはなかった。

鬼の若殿に捧げられた身なのだから、伊吹が自分の体に望むことを拒む権利などあろうはずもないのだ。

――血を吸わないとなると、女性として求められる可能性は高いよね。夜血以外の自分の利用価値など、それくらいのものだもの。

寝室の前にたどり着き、襖をゆっくりと開ける。

室内は、間接照明がひとつ点灯しているだけで、ほの暗かった。

並べられた二組の布団。その先の窓際に伊吹は座り、障子を開けて夜空を眺めていたが、凛の方を向き無言で微笑む。

「……お風呂をいただいて参りました」

おずおずとそう告げて、凛は恐る恐る中へと入り、後ろ手で襖を閉める。

それからはどうしたらいいのかわからず、その場に立ち尽くした。

「おいで」

そんな凛を見つめながら、伊吹が誘う。

喉が渇いた凛は、ごくりと唾を飲み込んだ。そして引き寄せられるように、伊吹の方へと歩み寄る。

彼はその間に立ち上がっていて、寄ってきた凛を力強く抱き寄せた。

――やっぱりそういうことになる、よね……。

これから、きっと想像していた通りのことが起こるだろう。受け入れてはいたけれど、初めてのことなのでやはりひどく緊張してしまった。

浴衣越しに伝わる伊吹の体温を感じながらも全身はがちがちに硬くなり、瞼をぎゅっと閉じた。

そんな凛の頬を、大きく温かい手のひらが包んだ。

口づけされる。そう覚悟し、一段と凛は体を強張らせた。だが……。

「……ふ。ははは っ」

凛の鼻先で伊吹が突然噴き出した。予想外の事態に、凛は思わず目を見開く。

伊吹は目に涙を浮かべながら笑っていた。おかしくておかしくて仕方がない、という様子だった。

「伊吹、さん……?」

首を傾げると、伊吹は笑いを一段落させて、こう言った。

「だって、凛が死ぬほど緊張している様子がおかしくて。なに、ちょっとからかってやっただけだよ。今日君をどうこうするつもりは、元よりないさ」

「え……?」

そういえば、生贄花嫁の儀式時の洞窟でも、失言をした高官を『ちょっとからかってやった』と伊吹が話していたのを凛は思い出した。

鬼には厳かなイメージしかなかったが、意外に伊吹はお茶目な性格をしている。だが、それにしても。

「私をどうこうするつもりがないって……。なぜです?」

凛は不思議で仕方がなかった。血を吸わないというだけでも驚きなのに、そうではない欲求すらぶつけてこないなんて。それならなぜ、私はここにいるのかと。

伊吹は驚いたように目を丸くすると、さも意外そうに言った。

「なぜって……。風呂すら一緒に入れない君に、それ以上のことを求めるなんてできるわけないだろう？　まあ、俺としてはすぐに仲良くしたいところだけど」

言葉に詰まる凛。

確かに、伊吹の話は頭では理解できる。しかしそうなるとやはり、逆に伊吹の今までの行動が理解できなくなってしまうのだ。

「どうして伊吹さんは私にそんなに優しくするのですか。私は今日あなたと初めて会った、ただの人間です。あなたにとって血がおいしいだけの、平凡な人間の女です。なのに、どうして……」

伊吹の瞳を見つめて真剣に凛は問う。

彼はしばらくの間、凛を見つめ返すだけだった。

「花嫁には優しく。人間は違うのかい？」

やっと放たれた伊吹の言葉は、一般常識的な事柄だった。もちろんそれでは凛は納得がいかない。

「でも私は普通の花嫁とは違います。夜血の乙女で、生贄花嫁と称される存在です。

伊吹さんと私は、普通の夫婦では――」

「君は俺の花嫁だ。それ以上の理由なんていらないよ。花嫁だから優しくするし、心から愛する。そうだろう？」

凛の言葉にかぶせるように、やや強い口調で伊吹は言った。

心を射貫かれるように見つめられ、凛はたじろぐ。こんなふうに断言されたら、もしかするとそうなのかもしれないと思えてしまう。

「花嫁……。私が、伊吹さんの」

半日前までは死を待っていた自分の予想外の状況が信じられず、凛はかすれた声でそう呟く。

するとそんな凛を、伊吹が優しく抱きしめる。

性的なものはいっさい感じさせない、慈愛に満ちた抱擁。

物心ついた頃から凍てついている自分の心が、じんわりと溶かされているような感覚に凛は陥る。

そして次の瞬間、凛の頬に温かいものが優しく触れた。伊吹の唇だった。

本日二回目の頬への口づけは一度目よりも熱く感じ、心の奥底まで伊吹の温もりが入り込んできたような気がした。

「本当は君の唇に触れたいところだがな。今日はこれで我慢するよ。おやすみ、凛」

そう言うと伊吹は、ぽかんとする凜の頭を優しく撫でてから布団をかぶった。

凜はしばらくの間ぼんやりとした後、伊吹に倣って彼の隣の布団に潜り込む。

血を吸われて死ぬはずだった自分が、鬼の若殿に愛される花嫁として、同じ寝室で寝ている。そんな自分の状況が信じられず、凜はなかなか寝つけなかった。

しかしいろいろあって体が疲れていたのか、いつの間にか深い眠りについていた。

第二章　あやかしの街

する存在だった。

強靭（きょうじん）な体と妖力による特殊な能力を持つあやかしは、人類史の起源より人間を支配
人間は、あやかしの食欲を満たすために食われたり、暇を持て余したあやかしに
よって虐げられたりするという、絶対的に下等な位置づけだった。

しかし、ちょうど今から百年前のこと。当時のあやかしの頭領であり、伊吹の祖父
にあたる鬼・酒呑童子（しゅてんどうじ）が人間との共存を図った。

人間側との協議の結果、あやかしと人間との間に『異種共存宣言』が締結された。

宣言は主に、『あやかしが人を食らうこと・襲うこと・搾取することを禁ず』『人と
あやかしは対等な立場である』『あやかしは人を食らわない者のみが人間の国を往来
することができる』といった内容だった。

もちろん、あやかしからの反発は非常に大きかった。それまでは、好き勝手に人間
の命も富も奪い放題だったのだ。至極当然のことだろう。

しかし、史上最強の鬼であった酒呑童子に表立って逆らおうとするものは皆無だっ
た。

こっそり人間の国へと忍び込み、人間を食らうあやかしも当時はかなりの数がいた
らしいが、すべて酒呑童子の力で制裁された。

そういった経緯もあり、次第に『あやかしは人間を襲ってはならない』という考え

が、あやかしの中にも浸透していった。

一方で、人間があやかしよりも低俗な生き物であるという遺伝子レベルで刻まれた通念については、なかなか消えることはなかった。あやかし側にも、奪われる人間側にも。

人間はあやかしの国に自由に踏み入れることが可能だが、現代でも色濃く残っているその社会通念によって、職業上どうしても理由がある者、あやかしと婚姻した者、よっぽどの命知らずくらいしか訪れる人間などいなかった。

しかし凛は、その例外的な人間に当てはまった。あやかしと婚姻し、あやかしの国の世界に身を置く、珍しい人間に。

凛が伊吹の屋敷を訪れ、一夜明けた。

朝食の席で伊吹に「女性の身支度に必要な物はある程度用意しておいたが、凛の好みもあるだろう。今日は街に買い物に行こう」と誘われた。

自分の好みなど主張したことのない凛は、自分のために伊吹の身銭を切らせるなど滅相(めっそう)もないと一度は断った。

しかし伊吹に「いいから。花嫁なんだから、遠慮しないでくれ」とごり押され、彼と出かけることになったのだった。

「あやかしには、人間の肉を好む種とそうではない種がいることは、凛も知っているな？」

屋敷の玄関にて、履物を履く伊吹。

今日も黒い紋付き袴をさらりと着こなしている。ところどころ赤い髪とのコントラストが美しかった。

「はい」

凛はこくりと頷く。国茂が用意してくれた履物は、履きやすい舟形の下駄だった。赤い麻の葉柄の花緒が綺麗で、桔梗柄の浴衣にはよく合った。

あやかしには人間の肉を好む種と、そうではない種がいること。現代を生きる人間にとってはもはや常識だ。

人肉を食べないあやかしとして有名なのが、鬼。しかし、人体の中で夜血の乙女の血液のみは好むという、例外的な側面がある。

逆に人肉を好むと有名なのが、牛のあやかしとして知られる牛鬼だ。牛鬼も美しいあやかしとされ、その美貌で人間を惑わし、夜な夜な肉を食らっていたと伝えられている。

「人の肉を好む種でも、肉が必須というわけではない。人間と同じような食生活を送ったところで、あやかしにはなんの問題もないのだ。それに百年前から、あやかしは人肉を食らうと厳しく罰せられる」

「はい、存じています」

「ただし、表立っては、な。だが逆に言うと――」

「裏ではそういう事態があるということですよね」

人間の行方不明者のうち何割かが、あやかしに食われた者。そんな恐ろしい話が人間の間では噂されていて、凛も知っていた。

履物を履き終えた伊吹は頷くと、凛をじっと見つめた。

「そうだ。だから凛は人間だということを周りにバレてはならない。欲望を抑えられないあやかしも大勢いるからな。君はこの国では、あやかしのふりをして生きるんだよ」

「そんなことできるのですか？　匂いなどはどうすれば」

あやかしは人間よりも鼻が利く。特に人肉を好む種は、人間の匂いに敏感だと言われている。

人間である凛には、あやかしの匂いも人間の匂いもよくわからない。その上、自分の匂いを消すこともできないので、あやかしのふりなど難しいのではないかと不安になった。

するとと伊吹は、ふっとどこか色気ある笑みを浮かべた。

「匂いなら心配ない。こうすればね」

凛が言葉を発する前に、伊吹は彼女の頬に優しく口づけをした。

頬をかすめた柔らかく熱い感触に、凛は硬直してしまう。

「こうすれば、俺の匂いが凛に移る。鬼の匂いがな。他のあやかしたちもごまかせるはずだ」

「そ、そうなのですか」

そういえば、昨日も伊吹がこうして頬にキスをしてきたことを思い出した。伊吹が国茂に向かって『先ほど頬に口づけをしたから、人間の匂いは消えているだろうけどね』と告げていたことも。

――このキスには、ちゃんと意味があったんだ。

「まあ、この方法は少々じれったいんだよなあ」

「じれったい？　どういうことですか？」

凛が尋ねると、伊吹は悪戯っぽく微笑む。

「頬への口づけだと、一日しか匂いがもたないのだよ。口と口を合わせれば三日ほどもつ。凛が望むのなら、そちらの方法でも俺は構わないのだが」

「……ほ、頬に一日一度でお願いしたいです」

凛はたじたじになってしまう。

頬への口づけもまだ慣れたとは言い難いけれど、回数を重ねればだんだん耐性ができると思う。しかし唇同士のキスは、さすがに慣れる気がしない。

「そうか。それは残念だ。本当に。すごく」

真顔で伊吹は言う。凛は赤面し、なにも答えられない。

そんな会話を玄関でしてから、国茂に「行ってらっしゃーい」と見送られ、ふたりは街へと赴いた

――まるで、浅草（あさくさ）の仲見世通りみたい。

伊吹に連れられて、あやかしたちが集まる繁華街に訪れた凛は、何年か前に家族の荷物持ちとして訪れた『浅草寺（せんそうじ）』近くの光景を思い起こした。

『お伽仲見世通り（とぎなかみせどお）』と呼ばれるメインストリートでは、さまざまな種のあやかしたちでごった返している。

伊吹や鞍馬と同じように、外見はほとんど人間と変わらない者たち。

猫又の国茂のように、獣耳やしっぽを生やしたり、うろこ状の肌をしているいかにもあやかしらしい姿の者たち。

外見はまったく違えど、皆個々を気にする様子はなく、連れの者と談笑したり、食べ歩きをしたりして、楽しそうに通りを闊歩（かっぽ）していた。

また、鞍馬のように現代の人間らしい洋服を着ているあやかしたちも、ちらほらと見かけた。伊吹の話し通り、若者に多かった。

――人間の文化に触れることに抵抗のないあやかしも、結構いるんだ。ほぼすべての人間が、あやかしに対していまだに畏怖の念を抱いているというのに。

凛がそんなことを思っていると。

「まずは凛の服を見ようか。やっぱり着慣れている洋服がいいのか？」

傍らに立っていた伊吹が、凛の顔を覗き込みながら尋ねてきた。

「い、いえ。私はこの浴衣があれば十分です」

昨日、伊吹の屋敷で支給された桔梗柄の浴衣の袖を凛は掴む。

寝室には、同じ柄だが別の色合いの物がもう一着あった。二着あれば、凛としては着る物に困ることはない。

しかし伊吹は、凛の手を取り無言で微笑むと歩き出した。

「伊吹さん……？」

「君は十分かもしれないけど、俺は十分じゃないんだよ。凛が着飾るところを見たいんだから」

「え……」

「いいからいいから。……あ、ほら着いたぞ」

伊吹が足を止めたのは、店構えからして高級そうな着物店だった。ショーウィンドウの中のスタンドには、見事な丹頂鶴の描かれた絹の着物が飾られている。

一瞬呆気にとられた後、凛は勢いよく頭(かぶり)を振る。

「こ、こんな着物……。私には着こなせません。身分不相応です……」

「あ、やっぱり洋服の方がよかったかい？　それならこの向かいによさそうな店があったから、そっちに行こうか？」

伊吹にそう促されて、向かいの店を凛は見た。

見たことのあるブランドのロゴだった。確か妹が両親にねだっていた、人間界でも人気の高級ブランドだ。凛には縁のない話だったのでまったく興味がなかったが、紫と黒のロゴが印象的だったので覚えていた。

「……あの、和服がいいとか洋服がいいとか、そういう話ではなくて。私は服のことはよくわからないので、お金をかける必要はないのです。着られればそれで」

今着ている浴衣も、おそらく上質のものだ。家族に着付けた浴衣とは、手触りからして違う。

これを二着与えられただけでも、凛にとっては十分すぎるのだ。

しかし、伊吹は不機嫌そうに顔をしかめた。

「だから、さっきも言ったじゃないか」

「え？」

「俺が凛を着飾るところを見たいんだって。凛はかわいいのだから、かわいい格好をしなければもったいないだろう？　それに凛は俺の最愛の花嫁なんだ。鬼の若殿が、嫁にみすぼらしい格好なんてさせられないよ。だから遠慮しないでくれ」

「え、え……」

『かわいい』だとか『最愛の花嫁』だとか。二日前までの自分には永遠に浴びせられるはずもなかった言葉を連発されて、凛は混乱してしまった。

するとと伊吹はにやりとした笑みを凛に向け、手を引いて着物屋に入ってしまった。

「いらっしゃいま……。これはこれは！　伊吹さま！　お久しゅうございます」

着物屋の中年の女性は、伊吹の姿を見るなり深々と頭を下げる。やはり鬼の若殿は、あやかしの国の中では高い地位にあるのだろう。

「ああ、久しぶりだな。今日はこの子に似合う着物を頼む」

伊吹は凛を自分の前に出し、店主に向かって言った。

店主は凛を興味深そうに眺める。

「かわいらしいお嬢さまですね。伊吹さまの恋人ですか？」

「いいや、嫁だ」

「な、なんですって!?　ご結婚なされたのですね！　おめでとうございます！」

店主が驚愕しつつも祝福すれば、伊吹は少し照れたように笑った。

「知らせていなくてすまない。そのうち、大々的に公表する予定だ。とにかく今日は、俺の嫁にふさわしい着物を見繕ってくれないか」

「承知いたしました。腕によりをかけて、花嫁さまにお似合いの着物をお選びいたしますわ」

「え、あ、あの……」

混乱している間にどんどん話が進んでしまってて、凛は戸惑うばかりだった。

しかし店主の女性に「ではこちらへ」と手を引かれて奥に連れていかれた後は、まるで着せ替え人形のように高級着物を羽織らせられた。

「うん、これはかわいいね。こっちは綺麗だ。これは上品だし。うんうん。じゃあとりあえず今までの全部もらおうか」

そんな凛を満足そうに眺める伊吹。

なんだかとんでもないことを彼が言っているような気がしたけれど、忙しく着替えさせられている凛はそこまで頭が回らなかった。

購入した着物の配送手続きを行った後は、結局向かいのブランドの店に連れていかれた。そして着物屋の時と同じように凛は試着の嵐にあい、なにがなんだかわからないうちに『凛の服を買う』という今日の目的は終わったのだった。

「い、伊吹さん……。私なんかのために、あんなにお金を……」

買い物の嵐が終わった後、仲見世通り外れの料亭へと入店したふたり。料理の注文が済んで、屋敷を出てから初めてひと息つけた凛はおずおずと告げる。

服屋で会計をした際に、ちらりと会計伝票が見えてしまった。凛の今までの人生の被服代をすべて足しても、おそらく遠く及ばないほどの恐ろしい金額だった。

いくら遠慮するなという話でも、限度というものがある。

けれど、伊吹は機嫌よさそうに微笑んでいる。

「お金？　ああ、久しぶりに有意義な金の使い方だったよ。代々受け継がれている鬼の財産は、あまりに余っているから使い道がなくてな」

「は、はあ……」

満面の笑みを浮かべる伊吹の言葉が凛にとっては別世界のことのように思えて、返す言葉が見つからない。

今日自分に使われた金額など、伊吹にとっては取るに足らないことなのかもしれない。

だが、自分のためにお金を使われる行為自体が不慣れな凛は、やはり落ち着かないのだった。

「また季節が変わったら買いに来よう。あ、昼食の後は装飾品を見に行こうか」

「えっ⁉　あ、あの！　じゅ、十分ですから！　先ほどの着物屋と洋服屋でも、かんざしやアクセサリーをご購入いただいていましたし……」

伊吹の提案に、慌てて凛は言う。これ以上伊吹に買い物をされては、精神が擦り切れてしまいそうだ。

先ほど購入したかんざしはすでに凛の髪に挿さっている。青と紫の桔梗がモチーフとなっているかわいらしいデザインで、浴衣の柄ともちょうど合っていた。

高級店の中では手頃な価格だったので、宝石などをたくさんあしらえた最高級のかんざしを伊吹が選びそうになっていたところに、凛が『これがいいです』と主張して購入してもらったのだった。

凛の言葉を聞き、伊吹は心底残念そうな顔をした。

「そうか？　耳飾りや腕輪なんかも選びたかったのだが」

「いえ本当に！　大丈夫です！」

珍しく強く主張する凛。なにがなんでも、これ以上の散財を止めたかった。

「そうか……。凛がそこまで望むのなら、昼食を食べたら屋敷に戻ることにしようか」

「はい！　お願いします」

伊吹の言葉にホッとしていると、給仕が注文した料理を持ってきた。

懐石料理のお店だったので、まずは前菜がテーブルに置かれた。「合鴨（あいがも）ロースでごございます」と、給仕が丁寧に告げる。

高級食材である鴨肉など、もちろん凛は口にしたことがない。

服の大量購入から逃れたくて素直にこの料亭に入ってしまったけれど、料理もきっと信じられないくらい高価なのだろう。

だが、料理を出されてから『もっとお手軽な店で構いません』なんてことは言えない。

伊吹が料理を食し始めたのを見て、凛はおずおずと箸を取り、生まれて初めての鴨肉を口に含んだ。

――お、おいしい。

鶏肉よりも少し硬めで、独特の風味がある。噛むたびに、肉の奥から旨味が湧き出てきた。

前菜の後も、メジマグロのお造りやカニの茶わん蒸し、鱧のお椀、釜炊きの新米など、贅を尽くされた至高の料理が次々と運ばれてきた。

最高級のおいしさを、次々と凛の貧乏舌が感じていく。

もちろん美味なのだが、感覚がついていけず、落ち着いて味わえなかった。

「どうした？　口に合わないか」

デザートのトリュフアイスにまでやっと行きついた頃、伊吹が訝しげな顔をして尋ねてきた。きっと、気疲れが凛の顔に表れていたのだろう。

「……いえ。全部信じられないくらい、おいしいです」

「それならよかったけれど。ちょっと疲れているように見えたから」

「こんなにおいしいものを、こんなにたくさん食べたのは生まれて初めてでしたので。きっと舌も胃も驚いてしまったんです」

凛が正直にそう白状すると、伊吹は目を細めた。

突然のひどく優しげな表情に、凛はドキリとしてしまう。

「そうか。これからは、いくらでもうまいものを食べさせてやるぞ。いちいち疲れないように慣れてくれよ」

優美な面持ちのまま、まっすぐに凛を見つめ、これまた優しい言葉を伊吹は吐く。

──ひょっとすると本当に、私を嫁として長く愛そうと思っているんだろうか。

伊吹の言動や表情のひとつひとつが、そう物語っている。凛を心から慈しみ、花嫁として受け入れていると。

しかし凛は、二日前まで誰からも必要とされなかった存在なのだ。必要とされたのは、流れている血のみ。

そんな自分が誰かに愛されるなんて、にわかには信じられなかったし、簡単に受け入れられなかった。

とはいえ、常に凛を慮る伊吹が凛を騙そうとしているともやっぱり考えられないのだった。

「伊吹さま、凛さま。お食事はお口に合いましたか？」

凛が頭の中でそんなことを思っていると、料亭の板長らしきあやかしの男性が、ふたりの座るテーブル席の近くまでやってきた。

やはり伊吹の顔見知りらしい。鬼の若殿は顔が広いのだろう。

「ああ、もちろんだ。凛も気に入ったようだ」

満面の笑みを浮かべて答える伊吹に、凛も「は、はい」と慌てて続く。おいしすぎて気疲れしてしまったことは、板長には気取られたくない。

「そうでございますか、なによりです」

「また、仲見世通りに来た際には寄らせてもらおう」

「ありがとうございます。そういえば、この間鞍馬さまが来店されましたよ」

「鞍馬が？　なにか失礼はなかったか」

「いえ、とんでもございません。いつものようにおいしそうに……」

板長と伊吹が知人同士の会話を始めたので、凛は「すみません、お手洗いに」と席を立った。

朝から着物や洋服の買い物、高級料亭での食事と慣れないことばかり続いていたので、精神が疲弊している。一度ひとりになって心を落ち着けたかった。

手洗いは裏口の方にあった。個室だけ男女別れていて、手洗い場は鏡と一緒に廊下に面していた。

個室でひと息ついてから手を洗い、鏡に視線を合わせる。一連の騒動後、凛は初めて自分の顔をしっかりと見た。

取り立てて美しいわけでもない、平凡な顔立ちの二十歳の女が映っている。

――こんな私が、鬼の若殿の花嫁？　生贄じゃなくて、花嫁……。

平凡じゃない点を挙げれば、瞳が紅蓮(ぐれん)の色をしていることだが、人間界ではマイナス要素でしかなかった。

赤い目がさして珍しくないあやかしの国でも、もちろん魅力的というわけではないだろう。

――かんざしはとてもかわいいのに……。私にちゃんと似合っているのかな。

先ほど購入してもらった桔梗のかんざしが目に入り、そう思ってしまう凛。少し斜めになっていたので、手櫛(てぐし)で髪を整えてかんざしを挿し直そうとすると。

慣れない作業に手間取り、かんざしを手から落としてしまった。和柄のタイルの上で、カランカランと音を立てて転がっていく。

「あっ。割れてないかな……!?」

凛は慌ててかんざしを拾おうとした。

しかし、自分が取る前にそれは別の誰かに拾われてしまった。

「はい、落ちたよ」

とても穏やかな声だった。見知らぬ彼は、凛をじっと見つめながらかんざしがのった大きな手のひらを差し出した。

神秘的な光を放っている銀髪は肩の長さまであり、サラサラという音が聞こえてきそうなくらい艶やかだった。髪と同色の瞳は、宝石のように煌びやかな光を放ちながら凛に向けられている。

この瞳の光だけで心を奪われてしまう女性もいるに違いない。

年齢は伊吹と同じで二十代後半くらいだろう。真っ黒で踝の長さまである法衣を身にまとっていて、銀の髪とのコントラストが、これまた美麗だ。

伊吹は美の中に男性らしい凛々しさがあるが、今眼前にいる男性は、女性に見間違えるような耽美的な綺麗さだった。

「あ……ありがとうございます」

あやかしって本当に美麗な人が多いなと考えながらも、ぺこりと頭を下げて凛はかんざしを受け取る。

彼は凛をマジマジと、まるで観察するかのように眺め出した。

「……あの。私の顔になにかついておりますか」

「えっ？　ああ、ごめんごめん。伊吹が連れていた君のことが気になってね」

どうやら伊吹と一緒に食事しているところを見られていたらしい。

「伊吹さんとはお知り合いですか？」

「ああ、仲のいい友人さ」

「それはご挨拶が遅れて申し訳ありませんでした。私は……」

言葉の途中でつっかえてしまう凛。

「なんだい？　君は伊吹の恋人？　……もしかして、お嫁さんだったり？」

なにかを知っているのか、『お嫁さん』のくだりで彼の笑みがどこか意味深になった気がした。

「えっと、あの……」

伊吹が『君は俺の花嫁だ』と何度も言ってくれたのだから、やはりここではそう説明するべきなのだろう。

だけどやはりどうしても、自分からそう主張するのは身分不相応な気がして凛は口ごもってしまう。

すると銀髪の男性はあたふたしている凛を気にした様子もなく、再び凛を観察し始めた。足の先から髪の毛一本一本まで、まるでその生態を研究するかのように。

相変わらず彼は優しそうに微笑んではいたけれど、凛は少しだけ怖いと感じた。

だが、伊吹の友人だと名乗る彼に、失礼なことを告げるわけにはいかず体を強張らせることとしかできない。

「なるほど、ね」

しばらくして、彼は満足げに微笑む。

なにを納得したのか、もちろん凛にはわからない。

「じゃあ、また会おうね。かわいいお嫁さん」

爽やかに彼は言うと、廊下を進んで店舗の裏口から出ていってしまった。

——友人なのに、伊吹さんに挨拶はしないのかな。それに食事している時、あんな人周りにいたかな？

銀髪のあやかしの不審な行動がいろいろ気になったが、彼の無遠慮な視線から逃れられたことによる安堵の気持ちの方が大きい。

改めて鏡を見ながらかんざしを見栄えする位置に挿すと、凛は伊吹の座るテーブルへと戻った。

「具合でも悪いのかい？　時間がかかっていたようだが」

伊吹は心底心配そうに尋ねてきた。

「あ……」

正体不明の彼と出会ったことを伊吹に話そうかとも思ったが、余計な心配をかけてしまうかもしれない。

——あの人が本当に伊吹さんの友人なら、それこそまた会う機会はあるだろうし。ここでわざわざ報告しなくていいよね。

「いえ、大丈夫です。かんざしを付け直していたら、時間がかかってしまいました」

凛の言葉に伊吹は安心したようで、頬を緩ませる。

「それならよかった。では屋敷に戻るとしようか」

「はい」

板長に「ツケで。おいしかったよ、ありがとう」と告げた伊吹と共に、凛は料亭を出た。

帰り道はしばらくの間、銀髪のあやかしの正体が気になっていた。

しかし伊吹に「今日買った着物や服、装飾品は明日屋敷に届くそうだよ。楽しみだな」と言われて、あの高級品の山が明日届くのか……と考えているうちに彼のことは忘れてしまった。

伊吹の屋敷を凛が訪れてから、一週間が経った。

この間、伊吹はずっと凛を丁寧に、大切に扱った。

居候の身分でなにもしないのは悪いからと凛が国茂の手伝いをしようとすれば『凛はなにもしなくていい。なにか困ったことが会ったら、国茂に頼むんだ』と伊吹に止められた。

国茂にも、『ひとりで気楽に仕事したいから、凛ちゃんはおとなしくしといてくれよ』と冗談交じりに言われてしまった。

また、『凛の物はここだよ。なにか足りない物があったら言ってくれ』と伊吹に寝室の隣のウォークインクローゼットに連れていかれると、凛用の衣類や装飾品がぎっしりと詰まっていた。

化粧品や人間の国でも流行(はや)りの雑誌や小説、ゲーム機まで。仲見世通りで買った物だけではなく、見覚えのない物もたくさんあった。

たくさんの真新しい物を見て、凛はクラクラしてしまった。

必要最低限の物を拝借してからは、ウォークインクローゼットには立ち入っていない。

さらに、入浴の後は肌が驚くほどすべすべになるし、この屋敷で食事を取るようになってから、ひどく体が軽い。

きっと入浴剤や食材も、こだわりにこだわりぬいているに違いない。

そんな生活を続けていくうちに、三日目くらいまでは戸惑いの連続だった凛の気持ちも、だいぶ落ち着いてきた。

――伊吹さんは、本当に私を真の花嫁として迎えようとしている。

終始慈しむように凛を微笑んで見ている伊吹と何度も対面していると、さすがにそう思えるようになった。

――だけど、なんで私なんかを大切にしてくれるのかは、やっぱりわからない……。

夜血を持つという理由だけで、伊吹に献上されただけの自分を。

そもそも花嫁というか、生贄になる覚悟でここに来たというのに。

突然差し出され、それまで面識もなかった大して美しくもない自分を、なぜ伊吹は嫁として受け入れているのか。

だが伊吹に尋ねても『凛が俺の花嫁だからだよ』と微笑むだけで、凛が欲しい答えは一向に聞けなかった。

――あやかしと人間とじゃ、その辺の感覚が違うのかな？

「凛、今日は所用があって俺は出かけることになった」

朝食の後、和モダンな居間で座布団に腰を下ろしていると、外出用の袴を着た伊吹にそう告げられた。彼は眉尻を下げ、とても残念そうな顔をしている。

「所用……ですか？」

「ああ。鬼の若殿として出席しなければいけない会合が突然入ってな。……くそ」

「え、そうなのですか……?」

思い返してみれば、凛がここに来てからというもの、伊吹が仕事らしい仕事をしている光景を見たことがない。

——よく知らないけれど、鬼の若殿って鬼の中では相当高い身分だったよね。きっとお仕事はいろいろあるはず……。

これまでの一週間は、ここに来たばかりの凛を気遣って、あらかじめ予定を空けていたらしい。

凛を第一に考えているらしい伊吹なら、それくらいしそうだ。

「そうなのだ。凛も連れていこうかと思ったが、会合の参加者には目ざといあやかしも多くてな。あまり凛を人目にさらしたくはないし」

「わ、私もそういった場所へはちょっと……。おとなしく留守番しておりますね」

鬼の若殿として出席する会合となると、きっと他の出席者たちもあやかしの中では地位の高い者であるはず。

そんなところにノコノコ行って、どんな顔をしたらいいのかわからない。

伊吹はきっと花嫁として凛を紹介するだろう。そうすれば、身分の高いあやかしたちからはさまざまな質問をされたり、隅から隅まで見られたりするに違いない。

——そ、そんな光景を想像するだけで目眩(めまい)がしそう。

「そうだよな。ああ、俺は凛と離れたくないというのに」

「……あの、俺もいるんですけど。よく朝から人目もはばからずいちゃついてられんね」

ちゃぶ台の上に顎をのせて半眼で伊吹を睨みつけながら、鞍馬がぼやく。

「く、鞍馬くん。別にいちゃついては……」

「ふっ、どうだうらやましいか？　俺と凛の間に、鞍馬の入る隙間なんてないのだ」

鞍馬の言葉を否定しようとした凛だったが、得意げな表情の伊吹が言葉をかぶせてきた。腕を組んで、ふんぞり返るようなポーズをして。

――い、伊吹さんったら。大人っぽい外見だけど、結構お茶目なところがあるよね。人間の女性が好きと公言している鞍馬に対して、やたらと嫉妬深い素振りを見せることも多い。

「あっそ。あ、でもそれなら凛ちゃん暇だよね今日。俺と一緒に仲見世通り行こうよ」

鞍馬は気安い口調で凛を誘う。

彼とは、ここ一週間で少しずつ打ち解けた。食事も凛と伊吹、鞍馬、国茂の四人で取るし、伊吹と鞍馬に連れられて散歩に行ったり、居間でくつろぎながら映画を見たりすることもあり、あまり緊張せずにしゃべることができるようになっていた。

『鞍馬さん』と敬語を使って話す凛に、『俺たち同い年だし、そんなにかしこまらないでよー。友達みたいに話して！』と鞍馬は告げた。

しかし生まれてから一度も友人がいなかった凛は、どうしてもフランクなしゃべり方をするのは難しかった。

鞍馬に敬称をつけたり、『ですます』調で話すたびに、彼に『だからー、もっと気軽に話してよ〜』と苦笑を浮かべられてしまうのだった。

——友達と話したことなんてないから、とても難しいな……。

瞳が赤いという特徴は、家族以外の人間たちからも疎まれた。『お前、あやかしが憑りついてんだろ？』なんてからまれては、学校でひと通りのいじめは経験している。

だから鞍馬は、凛にとって生まれて初めての友人のような存在だった。

「鞍馬さん……じゃなかった、鞍馬くんと仲見世通りに？」

「うん。人間界で人気のカフェが、この前できたんだってー。俺そこに行ってみたくてさ」

「カフェ……」

家族や妹が外食する時、ほとんどいつもひとりで留守番だった。流行りのカフェなんて、命令されてテイクアウトで商品を受け取った時にしか入ったことがない。

どうしても、他人より劣っている自分は何事も楽しんではならないという感覚が凛には染みついている。

カフェなんて楽しそうな場所、自分ごときが足を踏み入れていいのかと、凛は反射的に考えてしまうのだ。

「凛、行きたいのかい？」

黙っていると、伊吹が凛の顔を覗き込みながら尋ねてきた。

凛は少し迷った後、恐る恐るこう切り出した。

「興味はあります。で、でも伊吹さんがダメとおっしゃるのなら、私は別に……」

「凛がやりたいことを却下するわけがないだろう。行っておいで」

強く、しかし優しい伊吹の口調。それは、好きなことを遠慮せずにやるのが君の当然の権利なんだよ、と言い聞かせてくれているようで。

そんな当たり前のことが、凛にとっては新鮮で嬉しいのだった。

すると鞍馬が顔を綻ばせる。

「えっ、いいの？　やったー！　嫉妬深い伊吹のことだから『鞍馬と一緒に出かけるなんてダメだ』なんて反対しそうに思ってたんだけどなー。ダメ元で誘ってよかったわ」

「……お前が一緒なのは心底嫌だが。あいにく俺は、心が狭い夫にはなりたくなくてね」

「え、やっぱり伊吹さんは嫌なのですか？　それなら私は……」

「あー凛！　違う違う！　いいんだ！　好きなように出かけてくれ！」

『心底嫌』という伊吹の言葉尻だけ捉えてしまった凛がおずおずと言うと、伊吹は慌ててそれを否定する。

――よくわからないけど、行ってもいいってことだよね。

凛が安堵していると、伊吹は少し真剣な面持ちになる。

「まあ、鞍馬ならなにかあっても凛を守れるだろう。凛は人間なのだから、気をつけるんだぞ」

この前伊吹と一緒に仲見世通りを歩いた時も、人間の肉を好むとされる種のあやかしたちをたくさん見かけた。

もし食欲を抑えられないあやかしにバレたら、非力な凛はひとたまりもないだろう。

だがその点は、強いあやかしとされる天狗の鞍馬が一緒なら問題ないということらしい。

「もちろんだよ。凛ちゃんは俺にとっても大切な家族だし。任せなさい！」

自信満々そうに鞍馬が胸を張る。

伊吹はそんな鞍馬に対して頷くと、凛の方を向いた。そして……。

「まあ、あとは……」

口角を上げて、微笑む。大人の余裕たっぷりの、色気に満ちあふれた伊吹の笑み。

それを眼前で目にした凛は、心臓が飛び跳ねるように鼓動して硬直してしまう。

凛の顎をそっと優しく掴み、伊吹はその頬についばむように口づけをした。

一日一度の、人間の匂いを消すための頬への接吻。凛の体に、伊吹の匂いを上書きするための。

ここ一週間、毎朝伊吹にされていることだけれど、どうしても慣れない。凛は毎回死ぬほど緊張してしまうのだった。

「こうしておけば安心だ。これで悪い虫からは見つからなくなる」

「え、あ、はい……」

満足げな顔をする伊吹に対して、凛は性懲りもなく赤面してしまう。

「あー、はいはい。ごちそうさまです」

そんなふたりを傍らで見ていた鞍馬は、引きつった笑みを浮かべて呆れたのだった。


お伽仲見世通りにやってくると、鞍馬はあやかしの若者の間で人気のファストファッションの店や雑貨屋、アクセサリーショップなどを見て回った。

それらのお店で売っていたのは、和風のいかにもあやかしらしいデザインの物と、凛の妹が好んでいたような人間界で流行していたデザインの物が、半々くらいだった。

「あ、これ流行ってるやつだ！　これもいいなー」などと言いながら、鞍馬は値段を気にすることなく次々に物を購入していた。

——天狗もお金持ちなのかな。

豪快な買いっぷりに、兄である伊吹の姿を凛は思い出す。

鞍馬には「凛ちゃんも買おうよ！　なにか欲しいものある？　俺が買ってあげる！」と言われたが、「伊吹さんにたくさん買ってもらったばっかりだから大丈夫です」と首を横に振った。

ただでさえ物欲が皆無に等しい凛は、伊吹が買い込んだ服飾品ですら全部使うのにまだ遠い月日を必要としそうなのだ。鞍馬にまでお金を使わせるなんてとんでもない。

鞍馬が選ぶ店には、彼と同じように人間の若者のような格好をしたあやかしたちがたくさんいた。

まるでテレビの中にいる芸能人や雑誌の中のモデルが、その辺を闊歩しているようにすら凛には見えたのだった。

「嫌ねえ、最近の若いあやかしは。あんな格好して」

「あやかしとしてのプライドがないのかしら。人間なんかに媚売って」

鞍馬と仲見世通りを歩いていた時、中年のふたり組の女性あやかしが、鞍馬の方を見ながら陰湿そうに非難していた。

凛は本日も桔梗の浴衣にかんざしをつけて歩いていたので、ご婦人方の標的にはされなかったようだ。

しかし鞍馬は、ゆったりとしたリブニットにダメージジーンズというザ・人間の若者コーデ。古きを重んじる思想のあやかしからは、信じがたい服装なのだろう。

ご婦人方の声は鞍馬にも絶対に聞こえているはずだが、彼は特に気にした様子はなかった。慣れっこなのかもしれない。

そんなことがありながらも、当初の目的であるカフェへとふたりは入店した。

長い髪の女性のロゴ、緑と黒を基調とした外装と店内、クリームがてんこもりにのせられたフラペチーノという魅惑的な飲み物。

人間界の店舗には何度か凛も訪れたことがある。だが妹にテイクアウトをせがまれて購入しに行っただけで、店内利用をしたこともカフェの商品を味わったことも一度もない。

「この『さくらフラペチーノ』ってやつ、飲みたかったんだー！　凛ちゃん、なににする？　奢（おご）らせてよー！」

レジ前の列に並んでメニュー表を眺めていると、鞍馬がはしゃいだ様子で言った。

「え……。私、伊吹さんからお小遣いもらっているから……。それで自分で買うので大丈夫です。ありがとう」

あやかしの国に来て、今日が初めての伊吹との別行動だった。伊吹は凛に『好きなだけ使っていいぞ』と、クレジットカードを渡してきた。

自分が好きに使えるお金など人生で一円もなかったというのに、いきなり切り放題のカードを渡されて、凛は卒倒しそうになった。

もちろん必要最低限しか使うつもりはない。今日はカフェに行くとあらかじめ伊吹には話していたから、そこでの飲食代だけにしておこうと心に決めていた。

鞍馬は、そんな凛の顔を微笑みながら覗き込む。

「いやいや、ここはさすがに奢らせてよ。俺が誘ったんだしさ。付き合ってくれたお礼」

「お礼だなんて……。いろいろ見られて楽しかったから、お礼したいのは私の方です」

「あーもういいの！　俺が奢りたいんだもんっ。凛ちゃんが家に来てくれたお礼も兼ねてるんだからね！　奢らせてくれなきゃ怒る！　ってか、また敬語になってるよ～！」

なかなか了承しない凛を、鞍馬が冗談交じりで責める。

そうまで言われてしまえば、断るのも野暮な気がした。

「……そうですか。……じゃなかった、そっか。う、うん、わかった。お言葉に甘えるね」

敬語について鞍馬に指摘されたので、気をつけて軽い口調に直しながらの凛は言葉を紡ぐ。鞍馬は満足げな笑みを浮かべた。

どれを注文するか尋ねられたが、選ぶのが苦手な凛は鞍馬と同じさくらフラペチーノにした。

フラペチーノふたつを受け取った鞍馬は、ローテーブルに向かい合わせのソファが並んだふたり席へとそれを運んだ。

彼と向かい合うように、凛はふかふかのソファに腰掛ける。

テーブルにのせられたさくらフラペチーノが、凛にはキラキラと輝いて見えた。

――こんなにかわいらしい飲み物だったんだ。

てっぺんの生クリームにはフリーズドライの苺（いちご）が振りかけられ、メインのフラペチーノは苺ソースでピンクに染まっている。まさに桜のような華やかさを感じられた。

「うっま！　生クリームふわふわだし、苺の味もすっげー濃いね！」

ひと口飲むなり、鞍馬がテンション高く言う。凛もようやくストロー越しにフラペチーノをすすった。

「ほんとだ。すごく、おいしい……」

甘いが優しい桜色のフラペチーノは、飲んだ瞬間幸福感を覚えた。人間界でも流行るわけだ。

――私は人間界では一度も飲んだことがなかった。きっともし人間界に居続けたら、一生飲むことはなかったんだろうな……。

そんな凛を生まれて初めて幸せな気分にさせてくれたのは、出会ったばかりの鬼と天狗のあやかし。

あやかしは利己的で独善的で、人間を下等なものだと考えていると人間の国では伝えられていたけれど、まったく逆だった。

鞍馬のような人間好きのあやかしがいることだって凛にはいまだに驚きを禁じ得ない。

「あ、凛ちゃん。さっき変なババアたちが俺になんかいちゃもんつけてたの、聞こえてた？」

フラペチーノを半分ほど飲み終えた頃、鞍馬が苦笑を浮かべて尋ねてきた。

——たぶん、『人間なんかに媚売って』とか話していたおばさんたちのことだよね。

「あ、はい。……じゃなかった、うん」

「あー、やっぱ聞こえてたかー。嫌な気分にさせちゃってごめんね」

申し訳なさそうな面持ちの鞍馬に、凛は首を横に振って見せる。

「え、私は別に……。鞍馬くんの方こそ、嫌だったよね」

「いやいや、俺は慣れてるからさー。さっきのババアたちみたいな上の世代の人って、みんなあーんな感じだもん。頭硬いよねー、いまだに人間が俺たちより格下だって思ってるらしいよ」

「そ、そうなんだ……」

鞍馬の言葉にドキリとしてしまう。

人間があやかしより劣っている存在だという考えは、むしろ人間たちの方に浸透していた。

当の凛だって、伊吹や鞍馬と関わる前はそう思っていた。

彼らのおかげで、少しずつ『違うのかも』と考えるようにはなったが、幼い頃から染みついている常識はなかなか簡単には消えない。

「あ、もしかして。凛ちゃんもあやかしが人間を馬鹿にしてるって思ってた？」

凛の反応で察したのか、鞍馬が少し意地悪く笑う。

「うん、正直思ってた。だって、人間界ではそれが常識だったし……。ごめんね」

「謝らなくていいよ。いや、人間界ではそれは仕方ないかもね。だって、あやかしたちが昔はすっげーひどいことしてたみたいだもん。でもさ、あやかしはそれを反省しなきゃいけないのに、いまだに『人間どもが』ってぶー垂れてる奴が多くてさ。あー、もう、馬鹿じゃねーのって思うわけ」

「馬鹿じゃねーの、かあ」

「そうだよー！　人間は頭柔らかい人が多くて、新しいものをたくさん作り出せるすごい生き物なのに。音楽とかファッションとかね。それに、女の子もかわいいし！」

凛を見つめて、悪戯っぽく鞍馬は笑う。

面と向かって『かわいい』と告げられて、ドギマギしてしまう凛だったが。

――いやいや、これは人間の女の子にかわいい子が多いって話で。わ、私自身を褒めたわけじゃないから。

そう言い聞かせ、心を落ち着かせてから凛は口を開く。

「なんだかびっくりなんだ。鞍馬くんみたいな考えのあやかしがいるなんて。やっぱり、私たちにはあやかしは強くて格上の存在だって刷り込まれてるから……。でも違うんだね、きっと」

「そうだよ。俺はね、あやかしだからとか人間だからとか、天狗だから鬼だからとか、そういうふうに判断して見下す奴が大っ嫌いなんだ。天狗の奴らってさ、あやかしの中でもめっちゃ頭硬くてそういう考えの奴しかいないの。だから俺、母親がいる家を飛び出してきて、伊吹んとこに来たんだ」

「え、そうだったの？」

伊吹と鞍馬が一緒に暮らしている理由を、凛は深く考えたことはなかった。仲がいいから一緒にいるのだろうくらいにしか。

しかしよく考えれば、異母兄弟な上、種族だって違う。

あやかしの家族事情については詳しく知らないが、成年の男性が同居しているのは人間の感覚で考えると珍しいことのように思える。

「うん。伊吹はすげー鬼だけど、俺と同じで人間に偏見ないしさ！」

満面の笑みを浮かべて鞍馬はとても嬉しそうに言う。

──きっと、鞍馬くんは伊吹さんのことを心から慕っているんだ。

非力で特殊能力を持たない人間をあやかしが見下してしまう方が当然なのでないかと凛は思う。

外見が違う、能力がない。そんなわかりやすい特徴で、たやすく差別は生まれるものなのだ。凛だって、瞳が赤いというだけでずっと蔑まれ続けてきた。

それなのに、伊吹も鞍馬もまったくそんな考えは持っていないらしい。

凛が今まで関わってきた人間とも、思い描いていたあやかし像とも、まったく違うふたり。

──私、とても優しいふたりと一緒に暮らしているんだ。

そう思うと、自分にはあまりある幸せに、なんだか落ち着かない気分になったのだった。

その後、さくらフラペチーノを鞍馬と味わってからカフェを退店する。そしてふたりが帰路につこうと、仲見世通りの外れまで差しかかった時だった。

「……！」

急に鞍馬が足を止めた。真剣な面持ちをして、辺りを警戒しているようだった。

「どうしたの……？」

鞍馬の突然の神妙な様子に、凛が首を傾げると。

「……ごめん凛ちゃん。ちょっと面倒ごとに巻き込むかも」

鞍馬が強張った声で言う。

「え……？」

「でも大丈夫。絶対危険な目には遭わせないから」

「鞍馬くん？　どういうこ――」

「気配を消していたのに気づくとは。やっぱりお前は出来がいいねぇ、鞍馬」

凛の言葉を遮ったのは、どこか気だるそうな大人の女性の声だった。

鞍馬はその声を聞くなり、苦虫を噛み潰したような顔をする。

そして鞍馬の眼前に、近くの店の屋根の上から影が降り立ってきた。帯の結び目を前にして、金を基調とした鶴や椿の花が描かれた花魁風の着物を着た、妖艶な女性だった。

――すごく綺麗な人。

紅を濃く塗ったなまめかしい唇も、頬を真っ白に染めるおしろいも、彼女にはよく似合っている。しかしアイライナーで縁取られた目は、やけにギラギラと光っていた。

「やっぱてめぇかよ、天逆毎（あまのざこ）……！」

鞍馬は凛を自分の背でかばうようにして、天逆毎と呼んだ人物と対峙する。

天逆毎は持っていた扇子で口元を覆いながら、クスクスと笑った。

「寂しいねぇ、そんな言い方。わらわはあんたの実の母親だってのに」

「え……？」

——鞍馬くんのお母さん？

言われてみれば、整った面立ちに共通する点はある気がする。

しかし、天真爛漫（てんしんらんまん）な鞍馬が醸し出す気配と、天逆毎が発する妖しい空気はまるで違っていて、どうもこのふたりが親子であることが凛には信じがたかった。

——さっき鞍馬くんが天狗の人たちと合わなくて家出したって言ってたけど。これは確かに合わないだろうな。

あやかしが別種の者と子を成した場合、母親の種族の特徴が子には引き継がれるという話を凛は聞いたことがあった。

母親と同じ天狗にはなったものの、それ以外の性質については鞍馬は父親似なのかもしれない。

「知らねーよ。俺は天狗の家なんて捨てたんだ」

鞍馬が吐き捨てる。

本当に心の底から母親を嫌っているらしかった。

「まだそんなことをほざいているのかい？　お前は烏天狗一族の跡取りになれるのだよ。頭の本妻は子を成すことができていない愚か者だ。だから側室のわらわの子であるお前が、次期頭の第一候補になっている。さあ、わらわの元へ戻ってくるのだ」

鞍馬の悪態などどこ吹く風で、天逆毎はねちっこく話す。

反抗期の息子を仕方なく思っている、母親の言い回しだった。

――鞍馬くんが天狗の頭に……？

天狗のことなどよく知らない凛だったが、鞍馬に対してはもう親しい感情がある。

いきなり同居することになった、彼にとっては兄嫁である自分に、とても優しくしてくれている。

しかし、鞍馬の母親である天逆毎に対して、凛は本能的に嫌悪感を抱いてしまった。

なぜかはよくわからないが、この女性は凛が知っている優しいあやかしたちとは全然違う。

「はっ。天狗の頭だ？　死んでも嫌だね、あんな腐った脳みその奴らを率いるなんて。いっそこのまま滅びちゃえばいいんじゃね？」

天逆毎の言葉を鼻で笑い飛ばす鞍馬。

するとさすがにその言葉は気に障ったらしく、天逆毎が眉を吊り上げた。

「お前はどうしてそんなことばかり！　半分だが、高貴な天狗の血を引くというのに……！」

「あ？　じゃあああと半分を占める鬼の血のおかげだね、俺がまともなのは。天狗と違って鬼は頭やわらけーもん」

「鬼！　あんな鬼に一時でも恋愛感情を持った過去を呪いたいっ。鬼など！　人間などという下等生物に歩み寄るだなんて……。しかも先代の鬼頭は、人間の嫁をもらった変人めが！」

持っている扇子の隙間から、天逆毎が唇をギリギリと噛みしめているのが見えた。

彼女の話からすると、天狗の頭の側室になる前に、伊吹の父親でもある鬼と恋愛関係になって鞍馬が生まれたということらしい。

そして、人間と対等な関係を築こうとした酒呑童子を彼女は大層嫌っているようだ。

――でも、人間の嫁をもらった変人って？

現鬼頭は確か伊吹とは離れて暮らしている彼の父親だったはず。そして先代である伊吹の祖父が、史上最強の鬼と謳われた酒呑童子だ。

つまり人間の嫁をもらった変人とは、酒呑童子のことを指している。

だが酒呑童子が人間の嫁をもらった話など、凛は聞いたことがなかった。

しかし、初めて伊吹の屋敷を訪れた際の国茂の言葉を思い出した。

『血は争えないねえ』

国茂は、人間の凛を嫁として連れてきた伊吹にそう言ったのだ。

――あれって、そういう意味だったの？　人間の女性を嫁にもらった酒呑童子と同じっていう……。

しかし例えそうだとしても、なぜ変人とまで天逆毎は貶めるのだろう。

人間とあやかしとの婚礼は、一応法律上では認められている。

周囲の理解を得るのが難しいので数は少ないが、穏やかな種のあやかしと結婚して人間界で暮らしている夫婦は稀に見かけることがあった。

凛が首を傾げていると、天逆毎はふっと鼻で笑う。

「なんだ、その娘は知らぬのか？　鬼の分際で」

どうやら天逆毎は、伊吹の匂いが染みついた凛のことを鬼の娘だと認識しているようだ。彼女はどこか得意げにこう続けた。

「人間と結婚するあやかしなど、由緒あるあやかしにとっては到底理解できないもの。酒呑童子は実力が超越していたから強行し、無理やり周囲に認めさせたようだが……。わらわら天狗からは小馬鹿にされていたのだ。もし今の若殿が人間の嫁などもらったら、評価は地に落ちるであろうな！」

「……っ！　おいくそババア！　やめろっ！」

天逆毎の言葉を聞いて、鞍馬は苛立（いらだ）った様子で怒鳴る。きっと、まさに人間で鬼の若殿の嫁である凛に対して、いたたまれない気持ちになったのだろう。

しかし凛には、その前の天逆毎の言葉があまりに衝撃的すぎて、鞍馬の声がほとんど耳に入らなかった。

──若殿が人間の嫁などもらったら、評価は地に落ちる？　つまり私を嫁にもらった伊吹さんは……。

天逆毎の言葉を何度も胸中で反芻（はんすう）しながら伊吹のことを思い、凛は呆然（ぼうぜん）としてしまう。

「じ、実の母親に向かって！」

さすがに『くそババア』はこたえたらしく、天逆毎は怒りの形相を鞍馬に向けた。

しかし鞍馬は不敵に微笑む。

「ああ!?　何度でも言ってやらあ！　くそババア！　お前なんて母親と思ったことなんて一度もねーよ！」

「……っ！　ふん、まあいい。お前には天狗の血が流れておるのだ。直にお前は理解するはずだ。母の言葉が正しかったと。今は若く未熟だから虚勢を張っているだけ。その日が来るのを母は待っておるぞ」

最後は笑みを浮かべ、天逆毎は身をひるがえす。

するとと彼女の背中に漆黒の翼が生えた。それを羽ばたかせながら、空の彼方へと消えていった。

天狗族は、空中を自由に行き来できるのだ。鞍馬にも可能なはずだが、凛に合わせて歩いてくれているのだろう。

「けっ。二度と俺の前に顔見せんじゃねー。家帰ったら塩撒いとこ」

嫌悪感むき出しの表情で、天逆毎が去った方の空に向かって鞍馬は吐き捨てる。

しかしすぐに彼はハッとしたような面持ちをすると、凛の方を向いて心底申し訳なさそうな表情になった。

「凛ちゃん、ごめんね。変なのに絡まれちゃって」

「え……。う、うん。大丈夫」

「なんかいろいろほざいてたけど、気にしないでね。天狗の跡取りがどうだとか、若殿が人間の嫁をもらうこととかさ。あんなの、老害のたわごとだからさ。なにより伊吹が凛ちゃんがいいって言ってるんだからね」

「……ありがとう」

鞍馬は心からそう思っているのだろう。じっと凛を見つめる彼の言葉には、誠実さが感じられた。

天狗も鬼と同等に、あやかしの中では権力を持っている種族である。凛が人間だと知られたら、そんな天狗を始めとするあやかしたちに、人間の嫁を持った伊吹は貶められてしまうかもしれない。

自分が優しいあの鬼に、迷惑をかけてしまう。

——それなのになぜ、私にあなたは優しくするの？

鞍馬と共に伊吹の屋敷にまで戻ってきた後も、凛は伊吹に対する〝なぜ〟という気持ちで頭がいっぱいだった。

「どうしたんだ、凛。ボーッとしているようだけれど」

夕食の席で、箸が進まない凛に伊吹は眉をひそめながら尋ねてきた。

凛は慌てて笑みを作る。

「な、なんでもありません。大丈夫です」

「あっ、もしかして疲れたのか？　おい、鞍馬。お前が凛を連れ回すからだぞ！」

伊吹に睨まれた鞍馬は、少し焦ったような面持ちになった。

「え、マジ？　ごめん歩きすぎたかな？」

「えっ、そんなことないよ鞍馬くん。今日はすごく、楽しかった」

「あー、よかった！　ほら、伊吹！　楽しかったってよ〜！　一緒に飲んださくらフラペチーノもおいしかったなあ！」

得意げに笑みを浮かべる鞍馬に、伊吹は悔しそうに顔を歪ませた。

「なんだと!? く、くそ……。凛! 今度俺とも一緒にそのさくらなんとかってやつ飲みに行こう!」

「さくらフラペチーノだよ、伊吹。まったくもう疎いんだから」

そんな賑やかな会話も、凛にはどこか遠くに聞こえる。曖昧に笑って頷くのがやっとだった。

その時、凛はすでに決意していた。

——出ていこう、ここを。私はここにいちゃいけない。伊吹さんに迷惑をかけてしまう。

入浴の時だけは、凛はひとりきりになれる。伊吹が気を遣ってその時だけ近寄ってこないからだ。

食後、いつものように「お風呂をいただきます」と凛は伊吹に告げた。

脱衣所に入った瞬間、凛はドアの鍵をかける。そして外につながる窓に手をかけた。

窓は小さいが、凛ひとりならなんとか出入りできるほどの大きさはあった。

——伊吹さん、鞍馬くん、国茂くん。少しの間だったけれど、ありがとう。ごめんなさい。……さようなら。

凛は彼らに向かって心の中でそう告げると、窓から外へと這い出た。

そして夜の帳(とばり)が下りた林の中を、ただひたすら闇雲に走り抜けた。温かい屋敷から、なるべく遠ざかるように。全速力で。

第三章　称号と御朱印

伊吹の屋敷から出たものの、行くあてのない凛は山林をひとりさまよっていた。

早く屋敷から離れなければ見つかってしまうと、出た直後はただ山道を走り抜けたが、ある程度屋敷から距離ができたら、その後はどうすればいいかわからなかった。

伊吹が頬への口づけでつけた鬼の匂いは、一日で消滅する。今朝口づけをしてもらったから、匂いは夜が明けてしばらくしたらなくなってしまうだろう。

つまりあと数時間で、凛は人間の匂いを発することになる。この、あやかししかいない国の中で。

——きっとすぐに、人間の肉が好きなあやかしに見つかってしまうよね。

そうなれば自分は食べられてしまうに違いなかった。だが凛はそれも仕方ないだろうと考えていた。

——もともと、生贄花嫁として血を吸われて死ぬと思っていたんだから。それが少し伸びただけ。

このあやかしの国で、人間である凛が生き延びるすべはないのだ。伊吹に迷惑をかけて守られ続ける以外は。

そんなことを思考しながら、ぼんやりと歩く。もう何時間歩いたのだろう。疲労からか足元が覚束ない。その時……。

「……っ！」

足を踏み外したかと思ったら、体が勢いよく下に落ちていった。

無我夢中で、手元にあった物を掴むと体が落ちていくのが止まった。

「これは、まずいわ」

自分の状況を把握し、凛はぼやいた。草木が生い茂っていたため、崖の存在に気づかないまま歩いてしまっていたのだった。

掴んでいる太めの草と、崖から飛び出た木の枝に偶然帯が引っかかっているため、なんとか落下を防いでいるという絶体絶命の状況だった。

自力で崖の上に這い上がろうと試みたが、非力な凛の力では敵わなかった。むしろ、少しでも動くと帯が外れそうになってしまうため、なすすべなくぶら下がっているしかない。

――崖の下まではたぶん、四、五メートルくらい。落ちたらただじゃすまないだろうな。大怪我……ひょっとしたら命を落とすかもしれない。

冷静に思考する凛。死と隣り合わせの状況にもかかわらず、驚くほど落ち着いていた。凛にはまだ、自分などいつ死んでも構わないという思いが根付いているのだ。

徐々に力がなくなり、手の中から草が滑っていく。帯が裂ける音も少し前に聞こえてきた。

――もう、落ちる。

そう覚悟した凛が潔く掴んでいた草を離した、その時だった。

「……え？」

ふわりと、優しく自分を包み込むように誰かに抱きかかえられたのだ。

「ああ、やっぱり君だったか」

凛を抱きとめた人物は、穏やかに微笑みながら言う。

「あなたは……」

それは、伊吹と一緒にお伽仲見世通りに出向いた際に出会った、銀髪の美しいあやかしだった。彼は凛を抱えたまま、すとんと地面に降り立つと、やっと彼女を地に下ろした。

「朝の散歩をしていたところ、崖の上でヒラヒラしている物が見えてね。目を凝らしたら、かわいい女の子がぶら下がってるじゃないか。しかし、まさか君とはね」

相変わらず笑みを顔に貼りつけたまま、彼はのんびりとした口調で言う。

「あ……ありがとう、ございます」

「あんなところでなにをしていたんだい？　君は伊吹の嫁なんじゃないのか？」

「……いろいろ思うことがあって、屋敷を出てまいりました」

詳しいことは伏せて、おずおずと凛は答えた。

「え、そうなの？　で、次はどこに行くんだい」

「…………」

行くあてなどない。適当な嘘も思いつかず、凛は黙ってしまった。

すると彼は、くすりと小さく笑った後、こう言った。

「それじゃ、いったんこの近くにある俺の屋敷においで」

「えっと……」

「そんなボロボロの着物じゃどこにも行けやしないよ。朝食も準備しよう」

そう言われて、自分が着ている浴衣を改めて凛は見る。帯も裾も無残に引きちぎれていた。確かにこんな格好では、かえって目立つだろう。

しかし、今は優しそうに微笑んでいる眼前の男だが、この前会った時は少し妖しい気配を醸し出していた。

屋敷にノコノコついていって大丈夫なのか、と凛が思わなかったわけではない。

――だけど、行く場所なんてないし。例え自分がどうなろうとも構わないもの。

「……ありがとうございます」

自分の命に関心のない凛は、その謎の銀髪のあやかしの屋敷に、とりあえず向かうことにしたのだった。

銀髪のあやかしは、椿と名乗った。

椿の屋敷には、凛が落ちそうになった崖から歩いて五分くらいで到着した。白い壁と青い屋根のコントラストが美しい、立派な佇まいの洋館だった。

屋敷に到着するなり、大勢のメイドに出迎えられて凛は唖然とする。

凛の着替えと朝食を用意するよう椿がメイドたちに命じると、彼女らは表情も変えずに「かしこまりました」と頭を下げた。

そして凛を屋敷の一室に連れていき、手早く椿柄の浴衣に着替えさせ、ヘアセットまでしてくれた。

なにがなにやらわからないまま、メイドに食堂まで連行される凛。すでに椿はテーブルについていて、「座りなよ」と凛に優しく告げる。

「……はい」

メイドが凛に合わせて椅子を引いてくれ椿と向かい合わせになるように腰掛けた。

テーブルの上には、こんがりと焼かれたトーストにベーコンエッグ、みずみずしい野菜のサラダ、ヨーグルト、紅茶……と、完璧な洋風の朝食が並んでいた。

また、テーブルの端にはかわいらしい色とりどりの小瓶がいくつも整列していた。中には液体が入っているようだが、インテリアかな、と凛はあまり気にしなかった。

「長時間山道を歩いたのだろう？　お腹がすいているんじゃないかい」

「いえ、私は」

もちろん空腹だったけれど、正直に言うのはなんだかさもしい気がして凛は口ごもる。

しかしその瞬間、凛の腹の虫が大きく響いた。トーストの香ばしい匂いに、つい食欲が誘われてしまったのだった。

恥ずかしくなった凛は、顔を赤らめる。

そんな様子を見て、おかしそうに椿は笑った。

「はは、やっぱりね。さあ、遠慮せずにお食べなさい」

「すみません。い、いただきます」

ここまで来たら食べない方が不自然なので、凛は正直にトーストを手に取った。

表面はさっくりしているが、中はふわふわかつもっちりとしている。絶妙の焼き加減だ。

椿がメイドに用意させた朝食は、シンプルなメニューながらすべてが絶品だった。

しかし食事の間、椿はただじっと凛を眺めていた。

椿の眼前にも凛と同じメニューが用意されていたが、彼は時々紅茶をすするだけで他にはまったく手を付けない。

――お腹すいていないのかな。それに、そんなに見られると緊張するんだけど……。

椿の視線が気になりつつも、食べる以外やることがない凛は、彼の方を見ないようにしてただひたすら食事を続けた。

凛が完食すると、メイドが食事の皿を手早く重ねて取り、食堂から出ていった。ほとんど手が付けられていないままの椿の皿も、すべて片付けられた。

食堂に椿とふたりっきりで残され、凛がさらに緊張していると。

「俺はこう見えて、服飾品に携わる仕事をしていてね。若い女性や男性向けの洋服、アクセサリー、化粧品なんかを主に手がけている」

なんの脈絡もなく椿が自分のことを語り出したので凛は戸惑った。

だが椿の装いをよくよく見てみると、服はシンプルな黒の法衣だが、指輪やネックレス、イヤリングなど、アクセサリーをいくつもつけている。

アクセサリーの良し悪しなど凛にはわからない。しかし、真っ黒な装いの上に銀の装飾品が重ねられている様は、とてもハイソな印象を受けた。

「君が今着ている浴衣も、俺の会社の物だよ。よく似合っているねえ」

「そうなのですね。ありがとうございます」

色鮮やかな、赤や白の椿が大胆に描かれた浴衣だった。

――浴衣自体はとてもかわいいけれど……。ちょっと派手で私に本当に似合っているのかな。

伊吹が用意してくれた、落ち着いた色味の桔梗が描かれた浴衣の方が気に入っていることは、あえて今は言うまい。

「それで、君にひとつお願いがあるのだけど」

「はい？」

「新商品で香水をいくつか出すのだが、若い女性の意見が聞きたくてね。ぜひ、サンプルの匂いを嗅いで正直な感想を聞かせてくれないかな？」

「香水ですか……」

香水なんて、妹に頼まれたものを買いに行ったことしかない。ましてや自分自身の物を持ったことも付けたこともない。

「申し訳ないのですが、私はそういったことに大変疎くて。私の意見など、参考にならないと思います」

着替えと朝食まで用意してくれた椿のお願いならぜひ聞きたいところだったが、自分は役に立てそうもない。

しかし椿は、軽く手のひらを顔の前で振りながら笑みを崩さない。

「いやいや、大丈夫だよ。匂いなんて直感が大事なんだから。むしろ、君みたいな人の意見を聞ける機会は少ないから参考になるよ」

「はあ……」

「これがサンプルなんだがね」

テーブルの端に置いてあった小瓶を椿は真ん中に引き寄せる。

凛がインテリアだと思っていた小瓶は、すべて香水だったらしい。

「どうかな？」

椿は瓶の蓋を開けて、凛に差し出してきた。

本当に自分の感想など参考になるわけないが、ここまでされたら匂いを嗅がないわけにもいかない。凛は瓶を受け取り、鼻に瓶の口を近づけた。

とても華やかで、強い色香を感じる匂いだった。不快な香りではないが、凛には強烈すぎて頭がクラクラする。

「どうだった？」

「すみません、あまり好きな香りじゃないです。うまく表現できないのですけど、色気が強いというか」

目眩をこらえながら、凛は感想を述べた。

「ははは、奥ゆかしそうに見えて君は案外正直だな。うん、そういう意見が欲しいんだ。他のも頼むよ」

言われるがまま、他のサンプルの匂いも凛は嗅いだ。だがどれも個性的な匂いで、凛にはとても刺激が強かった。

椿に『正直に』と望まれたので、素直な感想を凛は伝えたが、どれも批判のような感じになってしまって心苦しかった。

しかし彼は凛の言葉に気を悪くした様子もなく「うんうん、そうか。じゃあこれは？」と、どんどんサンプルを渡してきた。

きつい匂いの香水の連続に凛が辟易し始めた頃、やっと並んでいた小瓶が残りひとつになった。どこかで見たことのあるようなデザインのロゴが入った瓶だった。

が、香水など持ったこともないのだから気のせいだろう。

凛は『やっとこれで終わりだ』とやっつけるような気持ちで、最後の香水の匂いを嗅ぐ。

「……あ！　これは」

とても爽やかで、心安らぐ香りだった。

生い茂る木々の中で森林浴でもしているような、はたまた静かな湖畔の中でボートに身を任せて揺られているような。

とにかく今まで嗅いだ強烈な香りたちとはまるで違う、凛にとってとても心地のよい匂いだった。

「この香り、好きです」

「ほう？　やっと気に入った物があってよかったよ」

「ええ、正直他の香りはちょっと私には刺激が強すぎて……。あ、きっと香水慣れしている人なら、いい香りなんでしょうけれど。でもこの香りは心がとても落ち着くというか……。うまい言葉が見つからないんですけど、ずっと嗅いでいてもいいくらいです」

小瓶に鼻を近づけたまま、凜は目を閉じる。

なんだか懐かしい香りに感じられた。疲れた体に染み渡るような優しい匂いだ。

「お目が高いね。これは特別な香りなんだ」

「なんの香りなんです？」

「……その前に、こんな話をしようか。やっぱり君は伊吹の嫁なのかい？」

いきなり話題を変えてきた椿を不思議に感じた。凜をまっすぐに見据えている瞳は、どこか意味深に見える。

「嫁……と伊吹さんはおっしゃってくれたのですが。私には身分不相応で」

「どうしてそう思うんだい？」

口ごもってしまう凜。

初対面でいきなり嫁になったとか、自分は死ぬつもりだったのに結婚生活なんてとか、さまざまな理由があるけれど、もっとも大きな理由は。

――私はあの人に迷惑をかけてしまうから。だって私は……。

「人間だからか？　君が」

一瞬自分でつい口走ってしまったのかと凛は焦った。

しかし、それを言葉にしたのは自分ではなく、眼前にいるあやかしの男だったことにすぐ気がつく。

椿は凛を真っ向から見つめながら、不敵な笑みを浮かべて確かにそう告げた。

——どうしてわかったの？

凛の全身に戦慄が走る。

伊吹がキスによってつけた鬼の匂いは、時間的にはまだ残っているはずなのに。伊吹や鞍馬、国茂を除いたすべてのあやかしに、絶対にバレてはいけないことだというのに。

崖から落ちそうになった自分を助け、着替えや朝食まで用意してくれた椿。

人がいいのか、それとも……。

——ひょっとして初めから私を人間だと知っていて、私を食べるために？

椿がなんの種族なのかは凛にはまだわからない。だがもし、人を食うタイプのあやかしだとしたら。

——私、この人に食べられてしまうの？

「君を見て、ある話を思い出した。百年前の伝承だ」

言葉を発せずにいると、相変わらず強く凛を見つめたまま椿が語り始めた。

「史上最強の鬼で、伊吹の祖父にあたる酒呑童子が妻に迎えた女は、人間だった。鬼が好物とする夜血を体内に宿し、その瞳は燃えるように赤かったという」

「……！」

凛は息を呑む。

酒呑童子が人間の女性を娶ったらしいという話は、鞍馬の母である天逆毎から聞かされていたため、凛も知っていた。

しかし、その人間の女性が夜血の乙女で、瞳が凛と同じように赤色をしていたということは初耳だ。

「……あなたがなにをおっしゃりたいのかわかりません」

凛は無表情を顔に貼りつけ、淡々と告げる。

もちろん、椿が言わんとしていることは理解しているが、認めるわけにはいかない。

「君が気に入らなかった香水は、あやかしの間では大人気でね。まあ、人間の血液が入っているからなあ。人間の肉を食べない種でも、人間の匂いには惹かれるものがあるらしい。過去に思う存分人間を蹂躙していた時の快感が魂に刻み込まれているのだろうね」

「…………」

凛にとっては予想外の事実だったが、努めて無表情を貫く。下手なことは言わないように、無言で。

「だが君が気に入ったたったひとつの香水だけ、人間の血は入っていない。人間界で大人気のブランドの香水だ。こちらは、一部のあやかしを除いて全然人気がないんだ。俺は嫌いじゃないがね」

——彼はやっぱり私を人間だとほぼ確信している。

香水を嗅がせたのは、凛が人間だということにさらなる確証を得るためだったのだ。人間としては特徴的な瞳の色に、香水の好み。客観的に考えても凛が人間であると指している、非常にまずい状況だった。

「ちなみに俺は牛鬼というあやかしだ。君も知っているだろう？　人間の肉が大好きな、ね」

自分を見つめる椿の瞳に、狂気じみた喜びが混じったように見えた。

「私が人間なら、食べたいということですか」

「はは。はっきり言うね。君はおもしろいな。まあ、食べるのも一興だがね。食べたら君は消滅してしまうだろう。それではつまらないじゃないか。俺はね、人間の女性にもっと別に求めることがあるんだよ」

「別に、とは」

「……今はっきりと言うのははばかられるね。こういうのは、余計な言葉なんて必要ないだろう？」

凛の頬に向かって、椿がゆっくりと手を伸ばす。強く妖しく光る椿の双眸に射貫かれた凛は、身動きを取ることができない。じわじわと恐怖が沸き起こってきた。

自分の行く末などどうでもよかったはずなのに。なぜ自分は怖いと思っているのだろう。

伊吹に血を吸われて命を落とすことは自然と受け入れられていたのに、それを椿にされるのは体全体が拒否をしていた。

この椿というあやかしに、血の一滴もあげたくはない。

「……嫌」

震える唇で、やっとそれだけ凛は口にした。

椿はそれを聞くなり、微笑みにさらなる妖しさを刻む。その時だった。

食堂の扉がバタン！と勢いよく開いた。

ハッとした凛が音のした方を向くと、肩で荒く息をしている伊吹の姿があった。

「伊吹さん……！」

彼の顔を見た瞬間、凛の心を支配していた恐怖が溶けていく。安堵のあまり、力が抜けそうになってしまった。

「凛！　無事か!?　……椿、貴様」

伊吹は無傷の凛を確認した後、椿を鋭く睨みつける。

深い憎悪を込めた彼の双眸を見た凛は、伊吹が鬼だったことを思い出した。自分に対してあまりに優しいので、半分忘れかけていたのだ。

「やあ、伊吹。よくここがわかったね。それにこの屋敷は結構厳重な警備をしているんだけどなあ」

「なかなか苦労したさ。だが、昨夜から凛の匂いをたどっていたからな。警備？　そんなのは知らん。邪魔してきた奴らは全部吹っ飛ばしたが、それのことか？」

どうやら伊吹の屋敷を凛が脱出したことは、彼にはすぐにバレていたらしい。

しかし山道をあてもなく歩く凛を探すのは、五感が鋭い鬼である伊吹でもさすがに骨が折れたようだ。

それに、凛の体から発せられていた匂いは、伊吹の口づけで上書きされた鬼の匂いによってほぼ消されているはず。伊吹は微かに香った凛の匂いだけで、ここまでたどり着いたらしい。

――どうして、そこまでして私を。迷惑をかけたくなくて屋敷を出たのに、かえって伊吹さんに手間を取らせてしまった。

凛は心の底から自分の行いを後悔した。

「匂いをたどってかあ。そりゃ、愛するお嫁さんだもんな。血眼になって捜すよねえ。

でもさあ、ダメじゃないかひとりにしちゃ。この子が人間だったら、すぐに食べられてしまうよ？」

虫も殺さないような笑みを顔に貼りつけて、のんびりと椿は告げる。

しかし、どこか含みを持たせた言い方だった。凛を人間だと思っていると、彼は明らかにほのめかしている。

伊吹は相変わらず、尖鋭（せんえい）な視線を椿にぶつけていた。

――椿さん、この前伊吹さんのことを友人だって話していたけど……。やっぱりあれって嘘だったみたい。

伊吹の表情から察すると、友人というよりはむしろ敵対関係にある相手なんじゃないかと凛には思えた。

「……なにを言っているのかよくわからないな」

凛の正体を、もちろん伊吹は隠し通すつもりのようだ。彼は淡々と言葉を紡ぐと、つかつかと凛の方へと歩み寄ってきた。

そして椿の存在を無視するかのように凛の前に仁王立ちし、「あの、私」とまごついている彼女を手早く抱きかかえる。途端に凛に伊吹の温もりが伝わった。

――伊吹さんの、匂い……。

少し前まで椿に恐怖を感じていた凛。伊吹の温かさがやけに心に沁みた。

伊吹は椿になにも告げず、凛を抱えたまま食堂を後にした。そして屋敷の長い廊下を無言で進んだ。

途中、壁に背をつけて倒れ伏すあやかしが何人か凛に見えた。

――伊吹さん、『邪魔してきた奴らは全部吹っ飛ばした』と言っていたけれど。これがそのあやかしたちなんだ。

大柄で屈強そうなあやかしが何人も倒れていた。伊吹が鬼の若殿だということを、凛は改めて実感する。

そして外に出て、椿の屋敷が見えなくなった場所で、ようやく伊吹は凛を地に下ろした。

「……あ、あの。伊吹さん、私、その」

勝手にいなくなってしまったこと。伊吹に足労をかけたこと。とにかく謝罪したい凛だったが、怒涛の展開に体が驚いているのか口がうまく動かない。すると……。

「凛……！」

伊吹が名を呼んだと思ったら、勢いよく凛を抱きしめてきた。力強く、しかし優しく。

「怪我はないか？　あいつに……椿になにもされていないないな？」

「あ……はい。特に、なにも」

「そうか。よかった、無事で」

凛を抱きしめる腕の力がさらに強くなる。少し苦しいくらいの圧迫感だった。

――どうしてこんなに私を案じてくれるのだろう。私が勝手なことをして、迷惑をかけてしまったというのに。

家族と暮らしていた時は、少しでも彼らの意に反したことをすると、鬼の首を取ったかのように凛は罵られていたというのに。そしてそれが当然だとも凛は思っていた。

――自分のせいで危険な目に遭った私なんかを、どうしてこんなに労わってくれるの。

伊吹の全身から伝わる情愛、温もりに、凛の目尻から涙が零れた。他者に心から身を案じられたことが生まれて初めてだったのだ。

自分にはあまりある優しさを全身で受けて、嬉しさのあまり落涙してしまった。

伊吹はそんな凛の涙に気づくと一瞬驚いたような面持ちをしたが、ふっと小さく微笑み、撫でるようにそっと指で涙を拭いた。そして至近距離で凛を見つめて尋ねる。

「どうして屋敷を出ていったんだ？　あやかしには危ない奴らも多い。特にあいつは……椿はよくない噂が多い奴で。表向きは服飾関連の会社の経営者だが、裏では生きた人間を売買しているという話もある。俺もあまり近寄りたくない相手だ。しかし地位の高い牛鬼だから、鬼の若殿として仕方なく関わることがあった。言っただろう、君は正体がバレてはならないと。ひとりで出歩くなんて……」

　伊吹のその口調は、やはり怒っているわけではなかったが、凛の行動に対して深い疑問を抱いているような口ぶりだった。

「人間である私があなたの嫁になれば、あなたの評価が下がる。だから私はあなたの元から去ろうと思ったのです」

　伊吹を見つめ返しながら、凛は自分の心からの思いを正直に吐露する。

「もしかして誰かに聞いたのか？　俺の祖父である酒呑童子が人間の嫁をもらって、一部のあやかしからは非難されていたことを」

　凛はこくりと頷く。

「俺はそんな的外れた批判など気にしない。それに、君が人間だとバレなければいいのではないか？」

「あなたが気にしなくても、私は気にします。それに、あの椿さんというあやかしは、私が人間ではないかと疑っているようでした。疑っているどころか、ほとんど確信しているかも」

　伊吹は口を閉じた。椿の言いぶりから、彼が凛の正体をほぼ突き止めていることを察していたのだろう。

「私はきっとあなたに迷惑をかけてしまう。だから出ていくことにしたんです。そうしたら、崖から落ちそうになっていたところを椿さんに偶然見つけられて。それで──」

「あいつに食われてもいいと思ったのか？」

「違います」

凛ははっきりと否定した。

確かに屋敷を出た時は、この身などどうなってもいいと考えていた。

伊吹の匂いが消えた人間の自分など、すぐに凶悪なあやかしに見つかって食われるだろうと、そんな自分の行く末を受け入れてすらいた。

しかし実際に椿と対峙したら凛は恐怖を覚えてしまった。命への執着など、捨てていたはずなのに。

「……私、あなたにになら血を吸われても食べられてもいいって思えたのに。なぜかあなた以外のあやかしにどうにかされるのは、とてつもなく嫌だと思ったんです」

正直に凛が自分の心情を伝えると、伊吹はなぜか驚いたような面持ちになった。

「凛……」

「自分でもどうしてかはわかりません。ですがそれ以上に、伊吹さんのお荷物になるのは嫌なんです。あなたがよかったとしても」

自分を嫁だから大切にすると言ってくれた伊吹。生まれて初めて、自分の存在が必要とされている気がした。しかしだからこそ、伊吹の重荷にはなりたくなかった。

「もちろん俺は凛の血を吸ったり食べたりなんてしない。だが、君が他のあやかしに体を許すのが嫌だという気持ちは嬉しくてたまらない」

「え……そうなのですか？」

「ああ。嬉しすぎて叫びたいくらいだ。……まあそれはさておき。俺は君をお荷物だなんて決して思わないけど」

優しい伊吹の言葉だったが、凛は首を横に振る。

「あなたが思わなくても、周りが思うのです。いつか私が人間だとバレてしまった時に。あなたの嫁としてあやかしたちに認めてもらうには、どうしたらいいのでしょうか」

「え？　君は俺の嫁になってくれるってことでいいのか？」

きょとんとして伊吹は尋ねてきた。

「伊吹さんがそう望んでくれたのでは？」

「確かにそうだけど。でも凛は『突然のことで気持ちがついていかない』と言っていたから、てっきり渋々この状況に収まっているのかと」

確かに少し前までは、『どうせそのうち血を吸われて死ぬのだろう』とか『自分なんかが鬼の若殿の嫁なんて』という気持ちが強かった。

――だけど、今は伊吹さんが私を必要としてくれるのなら。

「もう一度聞くぞ、凛。俺の嫁になるんだな?」

「はい」

間髪を入れずに、淀（よど）みなく凛はそう返事をした。

すると伊吹は、凛の顎にそっと手をかけた。戸惑う凛だったが、伊吹は構わずに自分の方へと引き寄せると頬に口づけをした。

伊吹の唇の熱が、頬から体内へと溶け込んでいく。まるで凛の頬を味わうかのように、しばらくの間伊吹はキスをしていた。

「えっと、あの……」

やっと頬から熱を感じなくなった時、凛は赤面する。

「いや、そろそろ俺の匂いが君から消えるところだっただろう? あやかしは目ざといからなあ。一瞬でも人間の匂いを放ったら危険だ」

「は、はい」

「……というのは建前で。いや、もちろん匂いづけは重要だが。とにかくとても凛に口づけをしたい気分になった。愛しくてたまらなかったんだ」

色っぽく微笑んで、凛にとってはとんでもないことを飄々（ひょうひょう）と伊吹は言ってのける。

凛の頬の柔らかさを確かめるように撫でながら。

恥ずかしい気持ちが強かったが、伊吹の長く熱い口づけは凛にとてつもない幸福感をもたらしていた。

本当に自分を愛してくれているのだと、さすがの凛も感じた。

「あ、ありがとう、ございます……」

もっと気の利いた愛の言葉を吐ければいいのだが、初心（うぶ）な凛には礼を言うのが精いっぱいだった。しかし伊吹は気をよくしたようで、頬を緩ませている。

――あと、ちゃんとこれだけは言っておかなくちゃ。

いまだに頬は紅潮していたが、凛は顔を上げると伊吹に視線を合わせた。

「あの……あなたの嫁になりたいという気持ちはもちろんあります。ですがやっぱりあなたの足を引っ張りたくはないという思いの方が大きいです」

「だから、俺は気にしない……と言っても君は引かなそうだな。結構強情だよなあ」

「……すみません」

謝る凛だったが、絶対にそこは譲れない。

すると伊吹は抱きしめていた凛をやっと解放し、苦笑を浮かべながら頭をかくと、こう提案した。

「よし、それならば、ちょっとこれからある人のところへふたりで行くことにしよう」

「ある人とは？」

「俺の祖父である、酒呑童子に仕えていた星熊童子の元だよ。祖父はもう亡くなってしまったけれど、その人はまだ存命なんだ。祖父の本妻だった女性と俺は血のつながりはなくて詳しくは知らないが……。彼女は人間でありながら多くのあやかしに慕われていたらしい」

「そうなのですか？　確か、私の前の生贄花嫁は百年前だったはず。その頃って……」

表向きはあやかしと人間が対等だとされる現代とは違って、あやかしが人間を搾取するのが当たり前だった時代だ。

そんな時に人間があやかしに好意的に受け入れられていたなんて、凛には信じられなかった。

「だから、どうして彼女があやかしに慕われていたのか。祖父たちの元にいた星熊童子に当時のことを尋ねてみよう。なにかヒントがもらえるかもしれない」

「なるほど、わかりました」

低俗とされる人間があやかしたちに好かれるなんて、現代でもあり得ないことだ。しかしそれを成し遂げていたらしい酒呑童子の本妻。

凛は、自分と同じ生贄花嫁だった立場の彼女のことをぜひ詳しく知りたいと心から願ったのだった。

伊吹に連れられて凛が向かったのは、伊吹の屋敷よりも深い山奥だった。

背の高い木々が立ち並び、鬱蒼と生い茂った藪の中をかき分けるように進んだ先に、そのこぢんまりとした和風の家屋は佇んでいた。

「祖父が数年前に亡くなった時から、彼に仕えていた星熊童子も隠居生活を送っているんだ。星熊童子には俺も幼い頃に何度か遊んでもらったが、隠居してから会うのは初めてだな」

「そうなのですね」

星熊童子が住んでいるらしい家屋の前で、伊吹の話を聞く凛。

ちなみに、伊吹は椿からもらった浴衣が気に入らなかったらしく、『その柄は凛には似合わない。早くこっちに着替えてくれないか』と強く言い、いつもの桔梗柄の浴衣を渡してきた。浴衣を受け取り、凛は茂みに隠れて着替えた。

──確かに似合わないって自分でも思ったけれど……。伊吹さん、なんであんなに急いで着替えさせたんだろ？

少し不思議だったが、自分も桔梗柄の浴衣の方が好みなので素直に従ったのだった。

「星熊童子は気さくな人だ。俺たちが突然訪ねても迎え入れてくれると思う。……ごめんください」

木製のドアをノックしながら、伊吹が声を上げると。

「……誰だ」

不審げに眉をひそめながら、ドアの奥から白髪交じり作務衣姿の男が出てきた。鋭い眼光に、薄っすらと刻まれた皺が、渋い魅力を醸し出している。

人間で言うと六十歳前後の齢の風貌だ。しかしあやかしは人間よりも寿命が一・二倍から一・五倍ほど長いため、眼前のあやかしはもっと高齢なのだろう。

不愛想な顔をして現れた星熊童子らしき男性だったが、伊吹の顔を見るなり頬を緩ませた。

「おっ、伊吹じゃねぇか。久しぶりだな。なんだ、いい男になりやがって。じーさんにそっくりになってきたな」

「うん、久しぶりだな。……星熊は相変わらず酒臭いなあ」

星熊童子から放たれた酒気を感じたらしく、伊吹は顔をしかめる。

「いいじゃねぇか。老い先短い者の楽しみなんざ、酒くらいなもんだろ」

「まだ全然死ぬ気配なんてないだろう」

「そりゃそうだけどよ……って、ん?」

伊吹の背中に隠れるようにして、ふたりの会話を窺っていた凛の存在に星熊童子が気づいたらしい。彼は凛の顔を食い入るように見つめてきた。そして、数秒後。

「……茨さま!? 茨さまじゃねぇか！」

「えっ？」

心当たりのない名前で呼ばれ、戸惑う凛。しかし星熊童子は伊吹を押しのけると、すかさず凛を抱きしめた。

「生きてたんですねっ！　お元気そうでなにより……」

「おい待て色ボケじじい」

こめかみに青筋を立てた伊吹が星熊童子の首根っこを引っ掴み、凛から無理やり引き離す。

すると星熊童子は心外だという面持ちになった。

「てめー！　なにするんだ伊吹！　茨さまとの感動の再会を……」

「違う、よく見ろ。その子は茨さまじゃない。俺の嫁の凛だ」

「へっ？」

伊吹に指摘され間の抜けた声を上げると、星熊童子は再度凛の顔をマジマジと見つめた。

「あっ……ほんとだ。よく見ると全然ちげぇ。茨さまはもっとこう、大人の色気があったよなあ」

「失礼だな。凛には凛のよさがあるんだ」

実際に自分に色気など皆無なので凛は気にならなかったが、伊吹は星熊童子の発言が気に障ったようで頬を引きつらせて反論している。

――茨さまって、たぶん酒呑童子の正妻だった夜血の乙女のことだよね。私の一代前の。

そういえば、聞いたことがある気がする。最強の称号をほしいままにする酒呑童子を支える、有能かつ美しい伴侶である茨木童子という女性のことを。しかし人間の国の伝承では、茨木童子も鬼とされていた。

まさか彼女が人間だったとは。

「まあ、だが俺も勘違いするわけだ。その女子、夜血の乙女だろう。茨さまと同じく」

「えっ、わかるのか？」

正体を明かす前に星熊童子にあっさりと悟られ、驚いた様子の伊吹。

すると星熊童子は得意げに微笑む。

「当たり前だろう。俺が何年、酒呑さまと茨さまに仕えたと思っている。なるほど、お前らの用件はなんとなくわかった。まあ、入れや」

星熊童子は玄関ドアを全開にすると、ふたりを室内へと招き入れた。

玄関を上がり、短い廊下を進んだ先の畳敷きの部屋に三人は入る。

こたつ布団がかけられたテーブルと、今はあまり見ないブラウン管のテレビくらいしか家具のない部屋だった。

端には、ひと口しかないコンロが備え付けられている小さなキッチンがあった。また、部屋の隅には空になった酒瓶が何本が立てられている。

静かで気ままな隠居生活を星熊童子が送っていることが、凛には想像できた。

「こたつに座ってろ」と星熊童子が言うので伊吹と凛はそれに従った。すると、彼はやかんで湯を沸かして急須でお茶を淹れた。

そして茶を淹れた湯飲みを三つ丸い盆にのせ、こたつの天板の上へ運ぶと、自分もこたつ布団に足を入れる。

「伊吹。お前はじーちゃんにそっくりなんだな。外見も、女の好みも。そうすっと悩みも一緒だろうな。ここに来たのは『どうすれば人間の嫁を他のあやかしに認めてもらえるか』ということだろ？」

「……驚くほど話が早いな」

心底驚愕したように目を見開き、伊吹が言う。

──悩みが一緒ってことは、伊吹さんの祖父の酒呑童子も、人間の花嫁について悩んでいたんだ。

あやかしに慕われていたとされる人間の茨木童子も、当初はそんなことはなかったのだろう。

「それで。どうすればいいいんだ。凛はどうすれば茨さまみたいにあやかしたちに認めてもらえるようになる？」

伊吹が問うと、星熊童子はふっと小さく笑ってからお茶をひと口飲み、不敵に微笑みながらこう言った。

「簡単な話さ。こっちから認めさせちまえばいいんだ。『俺の嫁は強く美しくすばらしい』ってな。あやかしはなんだかんだ言って強い奴が好きなんだよ。力の強さじゃなくて、心の強い者がな」

「だから、どうやって……」

「称号持ちのあやかしから御朱印をいただくんだ」

星熊童子の言葉に、伊吹は合点がいったような面持ちになった。

「御朱印を！　なるほど、そうすれば……」

——称号……？　それに御朱印って？

御朱印という言葉に納得した様子の伊吹だったが、凛にはなにがなんだかわからず思わず首を傾げてしまう。

「高い地位にあるあやかしたちは皆、この国では栄誉とされる称号と、それを示すための御朱印を持っているんだ。称号持ちのあやかしが自分の御朱印を誰かの御朱印帳に押した時、御朱印帳の持ち主は一目置かれた存在になる」

凛の様子を察したらしい伊吹が、まずは称号についてを詳細に説明してくれた。

妖力が強く、実力があると認知されたあやかしは、そのあやかしの性質や特に優れた分野にまつわる称号を授与されるというしきたりが、あやかしの国の中では存在する。

伊吹の血縁者の中にも、『高潔』や『英知』などの称号を持っている鬼がいるとのことだ。

「伊吹さんも称号をお持ちなのですか？」

鬼の若殿なのだし、お伽仲見世通りの着物屋の店主や料亭の板長の態度から考えると、伊吹も高名な存在のはずだ。

するとと伊吹は、なぜか苦笑を浮かべた。

「まあ、あると言えばある……。だが俺には不本意な称号だ」

「不本意？　なんて言う称号なのですか？」

「『最強』、だ」

照れくさそうに頬をかきながら言う。

文字通りだとすると、もっとも強き者。強大な力を持つ者ばかりのあやかしの国の中でその称号を授けられた伊吹は、凛の想像以上に強く気高き者なのだろう。

「伊吹さん、すごいじゃないですか！　なぜ不本意なのです？」

「いや、だってなんか単純じゃないか。俺の知り合いにもいる『孤高』や『優美』のような称号の方が崇高な感じがしないか？　『強欲』や『怠惰』といった、あまりいい意味ではない称号もあるが、それはそれでひと筋縄ではいかない印象があるし……。『最強』だなんて、なんだか幼子が考えた通り名みたいで」

「そ、そうですか……？」

確かに凝った感じはしないけれど、さまざまな称号があるからこそ、わかりやすい単語である『最強』という称号の偉大さが引き立つように凛には思えた。

すると星熊童子が半眼で伊吹を見据えた。

「ふん、なにを言ってやがるんだよ。『最強』は酒呑さまからお前に引き継いだ由緒正しき称号だろうが。それに伊吹お前、自分のことを最強だって思っているくせによ」

「ふん、当然だ。俺が最強であることは間違いない」

鼻を鳴らしながら、得意げに伊吹は断言した。

それならばやはり『最強』でいいのでは？と凛は思ったが、本人はお気に召していないらしい。

――それにしても、『俺は最強』って断言する伊吹さん、ちょっとかわいいな。

なんて密かに思った凛だったが、もちろん心の中だけに留めておく。

「そして、その称号持ちのあやかしが持っている御朱印のことだが」

次に、御朱印についての説明が始まった。

称号持ちのあやかし皆が所持している御朱印は、魂と同等と言えるほど大切な物。それを誰かの御朱印帳に押すという行為は、あやかしが御朱印帳の持ち主の力を認め、魂レベルのつながりが約束されるということになる。

つまり、もし『最強』の伊吹が誰かの御朱印帳に御朱印を押したとしたら、『お前は最強の俺が認めたほどの力の持ち主だ。今後、なにがあっても味方となろう』という契りとなる。

また、あやかしの国では御朱印の効力は絶対的なものである。ひとたび御朱印を押印すれば、それ以前にどんな約束が結ばれていたとしても、それらを蹴散らして最優先すべき事柄となる。

例えその御朱印帳の所持者がどんな種族、どんな身分の者であろうとも。そう、人間であったとしても。

「茨さまは酒呑さまの嫁になった後、たくさんの強いあやかしたちの元を回り、御朱印帳に判を押してもらったそうだ。多くの称号持ちを味方につけ、自身にもその称号と同様の気質があると示した後、自分が人間だと公表した。まあ、そうなれば表立って文句を言う奴なんていやしねぇよな。茨さまを蔑めば、彼女と契約を結んだつええあやかしたちが怒るんだからよ」

「なるほど……。おじいさまたちも苦労なさったのだな。しかし、人間だと明かした時に御朱印を押したあやかしたちから反発はなかったのか？」

確かに、人間ということを隠して御朱印をもらうのは、なんだか騙したような形にならないだろうか。

凜はそう感じたが、星熊童子はにやりと微笑む。

「だからその辺も考えて、御朱印をもらう相手を探すんだ。人間だのあやかしだの、種族を気にしない奴らは今は増えてるんだから、当時より楽なはずだ。そんな奴らなら、一度認めた相手の素性がなんであろうとそこまでは気にしねぇだろ。ねちっこい種族……天狗とかその辺は避けたらいい」

鞍馬の母である天逆毎を凜はふと思い出した。星熊童子の言う通り、ああいった性質のあやかしからは御朱印をもらうのは避けた方がよさそうだ。

「まあ、それでも最初は人間であることを隠した方がいいだろうな。鬼の若殿が人間の嫁だなんて知られりゃ、抑制のきかない食欲まみれのあやかしや、伊吹のことが気に入らねぇ奴らに四六時中嬢ちゃんは狙われることになっちまう」

「そうだな。だが御朱印を集めた後に人間だと公表すれば、さすがに凜を狙うあやかしは現れにくい。凜の身になにかがあったとしたら、契約を結んだあやかしたちが黙っていないからな」

「そういうことだ。御朱印を押すという行為は、なにがなんでも味方だっつー証だからな」

――なにがなんでも味方、か。

そんな証が強いあやかしたちから得られれば、自分が人間だということがバレたとしても危険にさらされる可能性は限りなく低いだろう。

「おっしゃっていることはよくわかりました。ですが、私に御朱印を集められるでしょうか。そんな絶対的な味方の証でもある御朱印を、あやかしの実力者たちが簡単に押してくれるとは思えません。それにそれぞれの称号に見合った能力がないと、御朱印はいただけないのですよね？　例えば『高潔』や『英知』といった称号持ちのあやかしに認めてもらうような能力は、残念ながら私には欠片もございません」

――ましてや、伊吹さんの『最強』だなんて恐れ多すぎる。私は最強どころか、きっと最弱だ。たぶん伊吹さんは押してくれるのだろうけど。でもすでに私たちは夫婦だし、伊吹さんが御朱印を押すのはあまり意味はないのかな？

すると、星熊童子が小さく笑う。

「それについては深く考えなくてもいい。あやかしって奴は気まぐれだからな。なんとなく気に入っちまえば、能力だの実力だの気にしないで御朱印を押す奴がほとんどだ。だけどな」

「気に入られるのが至難の業なんだろう？」

伊吹が尋ねると、星熊童子が頷く。

「そういうことだ。御朱印をくれと言ったら、ほとんどのあやかしは無茶な要望をしてきたり、訳のわからない試練を与えてきたりするだろう。茨さまの時もそうだったみてぇだ。御朱印が欲しけりゃ、それを乗り越えるしかない」

「無茶な要望、訳のわからない試練……。私にそんな過酷な壁が乗り越えられるでしょうか」

星熊童子の言葉に、凛はぞっとする。

すると星熊童子は真剣な面持ちになって凛を見つめた。

「その赤い瞳。人間の国じゃ、凶兆とされるんだろ。嬢ちゃんもつらい目に遭ってたんだろう？」

「つらい目……ですか。確かに自分は皆に疎まれていました。ですがつらい目というのはよくわからないのです。生まれてからずっと、それが当たり前だったので」

特に感情も込めずに凛は淡々とした口調で言う。

すると星熊童子の双眸に、哀れみを含んだ光が宿ったように見えた。

「……本当に茨さまのことを思い出すなあ。あの方も最初は、なにもかもに怯(おび)えたたいけな少女だったよ」

「え、そうなのですか？」

多くのあやかしに慕われていたという話から、てっきり生まれながらにして強くぶれない女性なのだろうと凛は思い込んでいた。

星熊童子は目を細めて愛おしそうな視線を向けながら、凛の頭を一度優しく撫でた。

「酒呑さまと結ばれてから、茨さまは強くなっていったんだよ。夜血の乙女は最強の鬼に求められる存在だからな。その宿命が茨さまや嬢ちゃんに課せられたのは、きっと偶然じゃねえ。嬢ちゃんは茨さまではないけれど、嬢ちゃんには嬢ちゃんにしかない強さがあるはずだ」

「私には私の強さ……」

そんなものが本当にあるのだろうか。強さも弱さも考える暇すらなく、ただ流されるがまま運命に従っていたような自分に。

——私はただ、伊吹さんの邪魔にならないような存在になりたいだけ。

話を終えた後、星熊童子は「また遊びに来いよ、ふたりとも」と朗らかに笑った。

伊吹の祖父の付き人だった彼。伊吹とも血のつながりはないし、ましてや人間の凛とは赤の他人であるあやかしだ。

しかし、凛と同じ境遇だった茨木童子を、あやかしの頭領であった彼女の夫と同等に慕っている。ふたりが亡き今でも。

懐かしむように優しく見つめてきた星熊童子との会話は、凛を温かな気持ちにさせた。

——優しいお祖父ちゃんって、こんな感じなのかな。

実の祖父からは毛嫌いされ会話すらしたことのない凛だったが、星熊童子に対して
そんな気持ちを抱いたのだった。

第四章　『高潔』の紅葉

「ここにいらっしゃるのですか……？」

「ああ、そうだよ」

驚く凛に対して、いつものように穏やかに笑って頷く伊吹。

星熊童子に御朱印の話を聞いた後、屋敷に戻りひと晩休んでから、凛と伊吹は早速あやかしの実力者のひとりの元へと赴いたのだった。

「称号持ちのあやかしなら、懇意にしている者が何人もいる。まずは知り合いから当たってみよう。きっと御朱印ももらいやすいはずだから」

伊吹の提案で、まずは伊吹の従姉（いとこ）である、鬼のあやかしの紅葉（もみじ）という女性を訪ねることになった。

伊吹よりも十歳上である紅葉は、伊吹が幼い頃よく一緒に遊んでくれたらしい。

とても美しく、勝気だが優しい女性だとのこと。なかなか子宝に恵まれなかった彼女の両親が、天界に住む魔王に祈りを捧げて授かった子なのだという。

よって紅葉は魔王の力を所持していて、とても能力のあるあやかしとのことだった。

そんな彼女に与えられた称号は『高潔』。常に気高く、どんな困難にも屈さず、時には魔王から与えられた力を使い、自己を貫き通す。

――高潔か……。私にそんな要素、全然ない気がするけれど。

人間界にいた頃なんて、高潔どころか『その目、あやかしが憑りついているんでしょ？　不潔！』なんて蔑まれていたのだ。

伊吹は『凛は十分高潔だと思うが？　大丈夫だよ」なんて、軽い口調で根拠のないことを言っていたけれど。

ちなみに、親子と配偶者同士では御朱印のやり取りはできないとのことだ。

つまり、伊吹が凛の御朱印帳に判を押すことはできないため、もしうまくいけば今回が凛にとって初めての御朱印ということになる。

――『高潔』なのだから、きっと伊吹さんの屋敷以上に荘厳な建物にお住まいなのだろう。

凛はそう想像しながら伊吹に連れられてきたのだが……。

到着したのは、お伽仲見世通り内に店を構えている和モダンな甘味処だった。『和スイーツ　紅葉庵（もみじあん）』の看板が立てかけられ、ウィンドウ越しにこげ茶色のシックなテーブルが見える。

魔王から力を与えらえこの世に生を受けた鬼の女性がいるとは思えないくらい和やかな場所で、凛は困惑してしまう。

「紅葉はなかなか前衛的な女性でな。人間の流行りも積極的に取り入れながら、この店をやっているんだ。俺に対してはいつも優しいし、きっと凛のことも受け入れてくれると思うんだけど」

店を前にして、穏やかに微笑む伊吹。

「そうなのですね」

――伊吹さんがそう言うのなら、きっと大丈夫だよね。

そんなふうに思いながら、伊吹と一緒に店の中に入る。

店内はふたり掛けのテーブルが三つと、カウンター席が四席。フロアの隅には飾り棚もあり、その上には美麗な配色の切子硝子の食器がいくつか配置されている。出窓から漏れる日光が着色された硝子を透過し、壁に美しい色彩を作り出していた。

とても洗練されている空間だが、こぢんまりとしている。紅葉がひとりで経営しているとのことなので、これくらいの大きさがちょうどいいのだろう。

そしてその中に、紅葉の葉が無数に散らされた上品で華やかなデザインの着物を着た女性が、テーブル席に座っている客たちから注文を受けていた。

きっとあれが紅葉のはずだ。

「おーい、紅葉」

注文を受け終えた紅葉らしき女性に向かって、伊吹が声をかける。

彼女は勢いよく振り返った。

「伊吹じゃないのー！　やだー！　来るなら来るって言ってよー！」

伊吹の姿を認めると、華やかに微笑みながら駆け寄ってきた。

──すごく綺麗な人……。鬼って本当に美しい人が多いなあ。

透き通るような白い肌に、大きく宝石のように輝いている翡翠色の双眸。瞳と同色の髪は緩めに結われ、首筋や耳にかかる後れ毛がなんとも色っぽい。

唇には艶のある紅が塗られ、どこか小悪魔的な美しさのある妖艶な女性だった。

「今日はどうしたの？　仲見世通りに遊びにでも来たの？」

「あ、今日は……」

「もう、伊吹になら大サービスしちゃう！　……ん？」

ずっと伊吹の隣に立っていたというのに、その時初めて紅葉は凛を認識したようだった。きっと、かわいがっている従弟に意識を集中させていて、凛を目に入れていなかったのだろう。

「伊吹、その鬼の子は……？」

「ああ、俺の嫁だよ」

尋ねられて、伊吹が正直に答えると。

「ななななな、なんですってぇぇぇ!?」

紅葉は驚愕の面持ちとなり、店内にもかかわらず絶叫した。先客のふたり組の女性たちは驚いたように彼女を見ている。

しかし紅葉は周囲のことなど気に留める様子もなく、伊吹に詰め寄った。

「ちょっと、どういうことよ伊吹！」

「え、どういうことって……。いったいどうしたんだい紅葉。そんなに怖い顔をして」

紅葉の豹変ぶりに伊吹はたじろいでいるようだった。

凛は目をぱちくりさせて成り行きを見守ることしかできない。

「いったいどうしたんだい、じゃないわよ！　怖い顔にもなるわよ！　小さい頃私が『大きくなったら私と結婚してくれる？』って聞いたら、いつも伊吹も鞍馬も『うん』って言っていたじゃないのっ！　あれは嘘だったの!?」

「は!?　あれは子供の頃の話じゃないか！　……あ、違うんだ凛！　それは全然本気じゃなくって！」

なぜか焦ったように凛に言い訳をする伊吹。

「はあ……。そうなのですか」

ふたりの会話の内容に特になにも感じなかった凛だったが、とりあえずの返事をしておいた。

「本気じゃない!?　私の心を弄んだのね！　ひどい！」

伊吹に詰め寄りながら、紅葉は強い口調で彼を非難する。

「ち、違う！」

「鬼と天狗のイケメンをはべらせようって夢見てたのにぃ！　それで、私になんの用よ⁉　わざわざ引導を渡しに来たってわけ⁉」

「あ、えっと……」

用件を聞かれ、伊吹は気まずそうに口ごもった。

せっかく向こうから聞いてくれたのに、なぜ説明しないのだろうと凛は不思議に思う。だから自分から伝えることにした。

「私を伊吹さんの嫁として認めてもらえないでしょうか。あなたに味方になっていただきたく、あなたの御朱印が欲しいのです。私に高潔さがあるかどうかは自信がないですが……」

伊吹から授けられた自分の御朱印帳を差し出しながら凛は告げた。

すると、なぜか慌てた様子の伊吹が凛を自分の方へと引き寄せてばつが悪そうな顔をする。

「り、凛」

「どうしました？」

「紅葉はちょっと想像していた反応と違うから、御朱印をもらうのは難しそうだ。ここはいったん諦めて、出直そうと考えていたのだが……」

「え、そうだったのですか？　それは申し訳ありませんでした」

突っ走ってしまったらしい自分の行動を凛は反省する。早く御朱印を集めたくて、焦っていたのかもしれない。

「私の御朱印が欲しい？　別に、押してやってもいいわよ」

意外な紅葉の言葉だった。だが、やけに不機嫌そうな顔をしている。

――こんな簡単に押してもらえるの？

『御朱印をもらうためには、あやかしが吹っかけてくる試練や問題をクリアしなければならないだろう』と星熊童子が話していたのだ。

さらに、『高潔』の称号持ちの紅葉が御朱印を押すということは、凛に高潔さがあると彼女が認めたことになるが……。

紅葉が安易に了承してくれたことが信じられず、凛は困惑する。

「あ……ありがとうございます。ですが、そんなに簡単にいただいてしまってよろしいのですか？」

「ふん。御朱印は持ち主の裁量で押していいんだから、私が押すと言ったら押すわよ。だけど、誰が簡単にあげるって言ったの？　もちろんただじゃあげないわよ」

――ああ、やっぱりそうだよね。

「いったいなにをすれば、凛の御朱印帳に押してもらえるんだ？」

伊吹から問われると、紅葉は不敵に微笑んだ。

「しばらくの間、この甘味処で働いて私の手伝いをしてちょうだい。あんたひとりでね。私の機嫌を損ねたら、一生御朱印なんて押してやんない。だから……」

「こちらで紅葉さんの下働きを行えばよいのですね。かしこまりました」

凛はホッとしていた。あやかしのように強大な力のない自分に大層なことはできないが、飲食店のアルバイトも家事も親に強制的にさせられていたから下働きならそれなりにできるはずだ。

「……え!?　やんの？　言ったでしょ、私の機嫌を少しでも損ねたら御朱印は押さないって！」

「私は至らない点が多いので、確かに紅葉さんのご機嫌を損ねる可能性はありますが……。給仕や家事なら私にもできるので、とりあえず頑張ってみようかなって」

なぜか面を食らった様子の紅葉だったが、凛は思ったことを正直に伝えた。

そんな凛を心配そうに伊吹は眺めている。

「大丈夫なのか、凛。俺も手伝うけれど……」

「は？　伊吹が手伝うのはなし！　私が御朱印を押す相手は凛なんだから。伊吹は関係ないでしょ。少しでも手を貸したら押さないから！」

「も、紅葉。だけど……」

「かしこまりました。それで構いません」

紅葉の言っていることはもっともだ。自分を認めてもらうのだから、伊吹に助けられるのは違うだろう。

伊吹はやはり不安げに凜を見つめていたが、しばし間を置いてから諦めたようにため息をついた。

「……わかった。そういうことなら俺は手を貸さないよ。だが、見守るくらいいいだろう。紅葉、あなたの世話をするということは、凜はしばらくの間ここに泊まるということだな？　住居になっているここの二階に。俺も一緒に厄介になっていいだろうか」

「別にそれくらいいいわよ。ただし、私のやり方には口出ししないでよね」

ふんと鼻を鳴らしながら、紅葉は念を押す。

「わかった」

「それでは、よろしくお願いいたします」

話がまとまったようなので、凜は深々と紅葉に頭を下げる。「……なんだか掴みどころのない子ねぇ」という紅葉のぼやきが聞こえた。

こうして凜は最初の御朱印を得るために、伊吹の従姉である紅葉の元で下働きをすることになったのだ。

それから、紅葉の甘味処での生活が始まった。

食事の支度や身の回りの世話、店番などさまざまな雑用を紅葉は凛に言いつけた。

なぜか、いつもケンカ腰に紅葉は話してくる。しかし凛の仕事ぶりを見るなり、毎回気後れしたような面持ちになるのだった。

まず、朝食の場ではこんな感じだった。

「ちょっと凛！　朝食はできてるの!?　……あらやだ、いい匂い」

「昆布だしを取ったお豆腐とわかめの味噌汁と、土鍋で炊いたご飯、鯵の開きに卵焼きを用意いたしました。デザートにバナナヨーグルトもどうぞ」

そして、外出前は。

「出かけるわ！　髪は夜会巻きにしてちょうだい！　……え、あんた。慣れた手つきね」

「妹のヘアセットを毎日やっていましたから。かんざしはどちらになさいますか？」

さらに、昼下がりの少しのんびりとした時間帯では。

「凛！　窓の掃除は終わったの……って、新聞紙と水だけでこんなにピッカピカに!?」

「新聞紙は繊維が粗いので汚れをからめとりやすく、使われているインクにはツヤ出し効果があるのです。サッシの部分も掃除しておきました」

そんなこんなで、凛が紅葉の元で下働きをするようになって、すでに三日。

家族と暮らしていた頃、雑用は先回りをして終わらせ、家族が求める以上の仕上がりにするよう凛は心がけていた。

そうしないと外に締め出されたり食事を抜かれたりするので、自衛のために自然と習慣になっていたが、まだそれが体に染みついていたらしかった。

凛の仕事ぶりを見るたびに紅葉は一度満足げな顔をするのだが、すぐにハッとしたような面持ちになって「ふ、ふん！　これくらいで調子に乗らないでよね！」と毒づく。

しかし凛は「はい。今後も決して手を抜かないようにいたします」と、怯むことも気を悪くすることもなく真面目な顔をして答えるのだった。

三日目の昼、甘味処を昼休みにしている間に、凛が店の冷蔵庫に余っていた材料で野菜炒めと五目ご飯を昼食として作り、伊吹と紅葉に出すと。

「うまい！　残り物で作ったとは思えないな！　野菜はシャキシャキ感が残っていて食べ応えがあるし、ご飯もだしの味が効いている」

おいしそうに食べながら、凛の料理を伊吹は絶賛した。

そして、紅葉はというと。

「……く、悔しいけど本当においしいわ」

顔を引きつらせて言いながらも、箸を動かす手が止まらない様子だった。

「悔しいとは？」

テーブルの傍らに立っている凛は首を傾げた。

紅葉は仏頂面になりながら、こう答える。

「あんたって本当に神経図太いわね……。私がこの三日間、ずっと意地悪してたってのに全然こたえないんだもの。私の無理難題や意地悪に音を上げて、泣きわめけばいいって思ってたのに」

「えっ……？　どの辺が無理難題や意地悪だったのですか？」

紅葉の言葉が心底意外で、凛はきょとんとして答える。

お茶を飲んでいた伊吹は変なところに入ったのかせき込み、紅葉は呆然とした面持ちになる。

「伊吹さん、大丈夫ですか？」

「げほげっほ……ああ、凛。だが、なぜ？　紅葉は明らかに君に嫌がらせのようなことをしていただろう？」

「そうなのですか？　だって寝る部屋も布団もありましたし、ご飯だって三食きちんといただけましたし……。なにより紅葉さんは、私が洗濯した物を踏みつけたり、肌着一枚の私をひと晩中外に放り出したりなどは、なさらないじゃないですか」

「……あんた、いったい今までどういう生活をしてきたのよ」

苦笑を浮かべながら紅葉が尋ねてきたが、凛はいまいちピンと来ない。

そもそも家族に行われていたそんな仕打ちだって、自分が至らないせいだったはずだから嫌がらせではなかった。

家族からの罰よりも百倍は優しい扱いをしてくれている紅葉は、凛にとって優良な雇い主でしかないのだった。

「凛……いたわしい。俺は改めて、一生君を幸せにすると今決意したよ」

凛をまっすぐに見つめて、どこか大げさな口調で伊吹が言った。

しかし凛には、ふたりの会話の内容がやはりあまり理解できない。

「はい？　ありがとうございます」

「……ふ、ふん。まあ、少しはできるみたいだし根性もあるみたいだけど。だからってまだ御朱印は押してあげないんだからね！」

食事を綺麗に平らげた紅葉は凛に強くそう言うと、すっくと立ち上がった。甘味処の午後営業の準備に入るのだろう。

自分も早く手伝わなければ、と凛はふたりの昼食に使った食器を手早く重ねて厨房（ちゅうぼう）へと運ぼうとする。

「なかなか紅葉は手強いようだが。まあ、あとひと押しだよ凛。明らかに彼女は君にほだされつつある」

伊吹が朗らかに微笑みながら言う。

「手強い、ですか？　紅葉さんはよくしてくださっています。ですが、まだ私の努力が足りないみたいなので頑張りますね」

「まあ、あまり無理はするなよ。それで、俺はちょっとこの後、通りの知り合いのところに挨拶に行ってくる。若殿としての仕事だ」

「かしこまりました。行ってらっしゃいませ」

伊吹が店を出るのを見送った後、凛は厨房で甘味の仕込みをしている紅葉の方へと向かった。

三日目にもなれば、甘味処の雑用の手順もだいたい把握している。いつ客が来てもいいように、食器やレジの準備、残り食材の確認を行う。

紅葉はコンロの前に立ち、ぜんざいやあんみつに使う小豆を鍋で煮ていた。

なにか自分にできることがないかと凛は辺りを見回す。すると、厨房の隅にある棚の上に切子硝子の美しい大皿が飾られているのが目に入ってきた。

どこかで見た覚えのある配色だな……と記憶を巡らせたら、すぐにそれがどこなのかを凛は思い出した。

「あそこに飾ってある切子硝子のお皿、とても綺麗ですね。お店のフロアにも切子硝子の食器がいくつか飾られていますよね」

そう、フロアの飾り棚にも切子の食器がいくつか置かれているのだ。

フロアを掃除した時に、宝石のように透明感のある美しさに凛は自然と見惚れたのだった。

「あら、そう？　まあ、綺麗よね」

紅葉はまんざらでもない様子で頬を緩ませた。

「ええ。いくつも並んでいて、光に反射すると本当に美しいです」

「あれは全部、伊吹からのプレゼントなのよ」

「伊吹さんから？」

紅葉の話によると、ここ『和スイーツ　紅葉庵』の三周年記念の際に、厨房に飾ってある大皿を伊吹が贈ってくれたのが最初の一枚だったとのことだ。

その頃はまだ幼かった伊吹。子供にしては大変高価かつ美しい贈り物に紅葉は心から喜び、『お店の守り神にするわ！』と目立つ位置に飾ることにした。

そんな紅葉の反応が伊吹も嬉しかったのだろう。それ以降、毎年のオープン記念日に伊吹は美しい切子硝子を紅葉に贈り続けているのだった。

紅葉も毎年贈られる美麗な硝子食器をひとつも残さず飾っている。

「さすがに大皿は大きいから厨房に置くことにしたんだけどね。でも守り神って、あながち間違いじゃないのよ。だって伊吹がくれた切子硝子を飾るようになってから客足が増えたもの。まあ、私の甘味のすばらしさに皆が気づいたってのもあると思うけれど」

得意げに話す紅葉に、凛は和やかな気持ちになった。

――紅葉さん、幼い頃の伊吹さんの贈り物をずっと大切に扱っているんだ。その後毎年続いた贈り物も、全部。伊吹さんも素敵な贈り物を考えるなあ。

ふたりとも、とても情緒豊かで殊勝な人柄だと感動していたら、自然と緩んだ表情で紅葉を眺めてしまっていた。

すると、紅葉とはたりと目が合った。

なぜか紅葉はハッとしたような顔をすると、眉間に皺を寄せる。

なんだか不自然だった。まるで無理やり不機嫌そうにしているかのような。

「ふ、ふん！　なによニヤニヤしちゃって。……ほら、客が来たわよ！　水持っていって」

「はい、ただいま」

紅葉の言葉の途中で、店の出入り口に付けていた鈴が鳴った。

凛は盆に水と注文票をのせ、厨房からフロアへと向かう。

午後一番の客は、男性ふたり組だった。ふたりとも真っ黒なスーツに身を包んだ体格のいい中年だった。

スーツの襟には小さな金のバッジがついている。どこかで見たようなマークな気がしたけれど、記憶が曖昧だ。

甘味処らしくない客だな、と感じつつも、凛は案内するために声をかけようと彼らに近づく。すると……。

「紅葉さーん、いねぇのか～？」

「おーい、出てこないならこの土地売っぱらっちまうぞ～」

ニヤニヤと下卑た笑みを浮かべながら、煽るように彼らは言った。

――なんなの、この人たち。

反射的に凛が足を止めて彼らを見ていると、紅葉が凛の前に出て男たちふたりと対峙した。

「私ならいるわよ。客じゃないなら出ていってくれる？」

自分の倍は体重がありそうなふたりを前にしても、紅葉は少しも怯む様子はない。

男たちは顔を見合わせると、小馬鹿にしたように下品に笑った。

「いやー、俺たちは客だが？」

「客にそんな口をきくのかい、この店の店主は。そんな話が広まれば、客足も遠のくだろうなあ」

紅葉は「ちっ」と小さく舌打ちをすると、能面のような無表情になり淡々とこう尋ねた。

「……ご注文は？」

「おー、怖っ。じゃあ俺はクリームあんみつで」

「俺は抹茶アイスで頼むよ、紅葉さん」

相変わらずニヤつきながら答えると、ふたりはドカッと椅子に座り、靴を履いたままたテーブルに足をのせた。

凛がその足を縫うようにテーブルに水を置くと、袖を紅葉に引っ張られた。「厨房に戻るわよ」と彼女に耳打ちされたので、それに従う。

厨房に戻ると、紅葉はイライラした様子でクリームあんみつを盛り付け始めた。

凛も抹茶アイスならば用意ができるので、アイスの器を食器棚から取り出す。

「あいつら、地上げ屋なのよ。この辺を大型ショッピングモールにする計画があるらしくって。私の周りのお店は、みんな反抗しているけどね」

紅葉がフロアに届かないような小声でそう説明した。

「地上げ屋、ですか」

「ええ。でも今みたいに客だって主張して嫌がらせをしてくるから、屈服して土地を明け渡したお店も結構あって。私は絶対譲らないけどね。あんな『椿コーポレーション』の奴らなんかに」

「椿……」

その単語に凛は思い出した。あのふたりがスーツに付けていたバッジのマークは、椿が凛に嗅がせた香水の瓶にも入っていたことを。

――椿さんがやっている事業って、そんなに大きいものなんだ。

凛を人間だと疑ってかかっている椿が関わっていることに、凛は彼の存在を余計不気味に感じたのだった。

「でも客だって言われたら、こっちもそう扱うしかないのよね。とりあえず注文されたものを出して、余計なことはせずにとっとと帰ってもらいましょう」

「かしこまりました」

クリームあんみつと抹茶アイスの用意ができたので凛が男ふたりの元へと運ぼうとしたら、「私も一緒に行くわ。危ないから」と紅葉がついてきた。

――紅葉さん、やっぱり優しい人だ。

自分に本当に意地悪しようと目論んでいるのなら、そんな行動に出るはずがない。

紅葉の凛に対する嫌がらせ（凛にとってはまったくそう感じなかったが）は、ほんの悪ふざけ程度の気持ちに過ぎないのだろう。

「ご注文のクリームあんみつと抹茶アイスです」

紅葉が能面のような表情で、まるで機械のように棒読みで言葉を放つ。

男たちは相変わらずテーブルに足をのっけていたので、凛はわずかな隙間になんとかあんみつとアイスを配膳した。

男たちは出された甘味を見もせず、紅葉に下卑た笑みを向けている。

「今なら土地だって高く買うし、新しい仕事だって斡旋すんのによぉ」

「馬鹿だよなあ。こんな小せぇ店、稼ぎだってたかが知れてんだろ？」

小馬鹿にするようなふたりの男の言葉。さらに彼らは、いやらしい視線を紅葉に向ける。

「紅葉さんほどの美人なら、もっと簡単に稼ぐ方法なんていくらでもあんのにねぇ。ちょっと脱げばいいだけの楽な仕事なのになあ」

「だよなー。そしたら、俺が一番に紅葉さんを指名するぜ。サービスしてくれよな？」

「ははは！　そりゃいいや！」

彼らのあまりの下品さに、凛は顔をしかめてしまった。

まだ紅葉とは数日しか過ごしていないが、彼女の美しさと気高さを凛はしかと感じていた。

血のつながりがあるからか、心優しく気品のある伊吹と紅葉にはなにか通ずるものがあるのだ。

そんな紅葉が、体を売る仕事などするはずがないというのに。

男たちが話している間、紅葉は眉ひとつ動かさなかった。しかし彼らの会話が一段落したところで、彼らを蔑むように冷淡に見据えた。

「……痴れ者め」

小声で、心底軽蔑するように紅葉は吐き捨てた。

男たちはよく聞こえなかったのか、「あ?」と聞き返す。

すると紅葉は尖鋭な視線をふたりに向ける。そばで見ていた凛ですらぞくりとするような、殺気に満ちあふれた視線を。

「私を誰だと心得ている。第六魔王の力を持つ鬼・紅葉ぞ。お前らなど一瞬で滅する力がある。慈悲でおとなしくしてやっていたが、そっちがその気ならやり合っても構わぬのだぞ」

まるで本当に魔王が憑依したかのような、威厳のある物言いだった。直接言われていない凛もひれ伏さなければと一瞬思うほどだった。

——そうだ。彼女は……紅葉さんは『高潔』のあやかしなんだ。

今までの振る舞いからも、凛は紅葉の内面からにじみ出る気品を十分に感じ取っていた。

だが、屈強そうな男ふたりに囲まれ、嘲りを受けてもいっさい臆することのない堂々たる態度、美麗かつ尖鋭な眼光を間近に見て、凛は改めて実感したのだ。

この人こそ、『高潔』の称号を持つに分相応のあやかしなのだと。

紅葉の気高く荘厳な様子に、男たちは怯んだような面持ちになったが。

「な、生意気な女め……！」

「こっちには椿さんがついてんだぞ！」

紅葉の威厳にたじろいだ様子も見せたが、男ふたりは声を荒げる。

「椿？　あの若造か。牛鬼ごときが私に敵うわけないであろう」

「……くっ！　このっ！」

男のひとりが抹茶アイスの器を掴んだ。

あっと思うと同時に、凛の体は勝手に動いていた。男がアイスの器をいくつもの切子硝子が陳列されている飾り棚に向かって放ろうとしたことに気づいたから。

――あれは、伊吹さんと紅葉さんの心が詰まったものだ。ひとつだって壊れちゃいけない！

凛は、反射的に飾り棚の前に仁王立ちした。

結果、凛の胸に抹茶アイスの器が直撃する。桔梗柄の浴衣が渋い緑色にみるみるうちに染まっていった。

また、器がみぞおちに直撃したため鈍い痛みが走った。凛はその場に膝をついてしまう。

「ちょ、ちょっと凛！　なにしてんのよっ！」

紅葉が慌てた様子でしゃがんだ凛の体を支えてきた。

「紅葉さん、切子硝子は割れていませんか？」

「は!?　あんたが器ごと抹茶アイスを受け止めたから、揺れさえしていないわよ！」

「そうですか。お店の守り神が壊れなくてよかったです」

立ち上がりながら飾り棚を確認する。何事もなかったかのように、切子硝子たちは静かに並んでいた。

本当によかったと凛は心から安堵する。

「……っ。あんたって子は！」

なぜか紅葉は歯がゆそうな顔をした。そして立たせた凛をフロアの端に連れていくと、彼女は男ふたりに憤怒の形相を向ける。

「貴様ら！　私の下働きを……。ただじゃおかんぞ！」

「ひっ……！」

紅葉の様子に男たちは小さく悲鳴を上げると、後ずさりながら店の出入り口へと向かう。

「こ、今回はこれくらいで勘弁してやらあ！」

明らかに紅葉に恐れをなして逃げているというのに、そんな捨て台詞（ぜりふ）を吐く男のひとり。もう片方も眉尻を情けなく垂らしながら、こう叫んだ。

「だけどこれで済むと思うなよ！　絶対に、また……」

「また、なんだ？」

男の言葉を遮ったのは、澄んだ美しい男性の声だった。最近、凛が聞くたびに心から温かさと安らぎを覚える、あの声。

「伊吹さん！」

ちょうど伊吹が若殿としての所用から甘味処に戻ってきたのだった。

伊吹は男のうちのひとりの頭を鷲掴（わしづか）み、無理やり自分の方に向けさせると微笑んだ。

だが、目は笑っていない。能面のような無機質な微笑みに、そばから見ている凛にすら伊吹の怒りが伝わってきた。

「げっ、伊吹……さま！　は、ははは。いいい伊吹さまのお知り合いのお店でしたか。そ、そうとは知らずにご無礼を……！」

男は怯えた顔つきになると、今までとは打って変わってへりくだった様子になる。

――鬼の若殿って、やっぱり相当な権威があるんだ。それに伊吹さんには『最強』の称号だってあるもんね……。

豹変した男の反応に凛はそう思った。

「お前ら、そのバッジは……。そうか、椿の商会の者たちだな。ここは俺の大切な人の城だ。二度と足を踏み入れるな！」

男ふたりを鋭く睨みつけて伊吹が強い口調でそう言葉を放つと、「ひ、ひぃ」と情けない声を出しながら、ふたりは一目散に店から出ていった。

伊吹はすぐに凛の元へと駆け寄ってきた。

「凛！　アイスまみれじゃないか!?」

「あ、伊吹さん。切子硝子が割られそうだったので……」

「切子硝子!?　俺が紅葉に贈ったあれか！」

「はい。伊吹さんと紅葉さんの思いが詰まっているあれらは、ひとつでも割れてはいけないと……」

凛が微笑むと、伊吹は切なげに顔を歪めた。

「君という子は、まったく……。俺をますます君の沼に引き込む気か？」

「え……？」

「とにかく。すぐに着替えるんだ。体が冷えてしまうぞ」

「そうよ！　そんな格好でいたら風邪引くじゃないの！　早く着替えなさい！」

紅葉も伊吹に同調しながら、まくし立てる。

「いえ、でも……」

抹茶アイスの器は割れ、床もアイスまみれになっている。

――私よりもそちらを早く片付けた方がいいのでは？

そう告げようとした凛だったが、紅葉に手首を掴まれて強引に階段へと連行される。

「も、紅葉さん？」

「ごちゃごちゃうるさいのよ！　私の浴衣貸すから早く着替えなさい。その前にシャワーね！」

――紅葉さんのお召し物を拝借するなんて恐れ多い。

だが、そんなことを言ったらますます紅葉にたしなめられそうな気がした。

「はい……。ありがとうございます」

凛は素直に紅葉の厚意を受け取ることにしたのだった。

熱めのシャワーで体を温めた後、紅葉によって無理やり着付けられたのは、彼女がいつも身に着けている紅葉柄の小紋ととても似ている柄の浴衣だった。

浴衣自体は華やかでかわいらしいが、こんな華美なデザインが自分に似合うわけがない……と思った凛だったが。

奢りかもしれないが、着付けられた自分を姿見に映したところ、意外に似合っているように見えた。

紅葉は凛を鏡台の前に座らせると、櫛（くし）で髪をとかし始めた。

もちろん遠慮した凛だったが「うるさいわね、黙ってセットされてなさい」と怒られてしまったため、恐縮に思いながらも紅葉に髪を預けている。

「あんたはね、ちょっと地味だけど結構整った顔してんだから。着物や髪飾りを派手にするとかわいさが引き出されるのよ」

「え……」

凛は反応に困ってしまった。自分をかわいく見せるために服を選んだり髪を整えたりしたことなど、生まれてから一度もなかったからだ。

考えていたのは、『家族や周囲に不快に思われない出で立ちでいなければ』ということだけ。

子供の頃、妹が捨てた飾り付きのヘアゴムがまだ使えそうだったのでそれで髪を結っていたら、『あんたなんかがそんなのつけて似合うわけないじゃん。気持ち悪いから捨ててよ』と吐き捨てられたことがあった。

似合う似合わないという考えはなく、ただ捨てるのはもったいないから使用していたのだが、『こういう華美な飾りが付いたものを、私が使うのはおこがましいんだ』と思うようになった。

「ほら似合うじゃない。あんた、アップにすると雰囲気変わるわね」

「あ……」

　コテで巻かれて緩やかにウエーブした髪は、高い位置で緩くまとめられていた。結わえた髪に挿さった、浴衣の柄と合った紅葉のかんざしが華やかさをより演出している。

　凛が二十年間生きた中で、もっとも綺麗な自分が鏡台の中にいた。

　自分なんかが美しくなれるのだと目を見開いて、変貌した姿に見入っていると。

「……御朱印、押してあげるわ」

「え？」

　ぼそりと呟いた紅葉の言葉の意味が一瞬わからず、凛は聞き返してしまう。鏡越しに見えた紅葉は、ふてくされているような顔をしている。

「だから、押してあげるって言ってんの。御朱印」

「え……。なぜですか？」

　──私、紅葉さんの下働きとしてちゃんとできた気はしないのに。

　いつも家族にやっていたことをそのまま行っただけだ。

　自分がどんなに完璧にやったつもりでも、家族たちには文句しか言われたことがないから、紅葉だって不満を感じていたに違いないと凛は思っていた。

　すると紅葉は苛立った様子で凛と目を合わせた。

「ふん、別にあんたが伊吹の嫁だってちゃんと認めたわけじゃないんだからね。かっこかわいい自慢の従弟の嫁なんて、そう簡単に認めるわけにはいかないわよ」

「それならなぜ押していただけるのです？」

「他の女よりはあんたがマシだって思っちゃったんだもん。私はそもそも自分以外の女なんて大っ嫌いだからね」

『大っ嫌い』にやたらと力を込めて紅葉は言う。

「そうなのですか？」

「ふん。私が自分の男を取っただとか、旦那に色目を使っただとか、難癖つけてくる馬鹿しかいないからよ。私はただ美しく生きているだけだっつーの。自分の魅力のなさを私のせいにする奴ばっかりだから、女なんて嫌いなのよ」

「はあ……」

美人も大変だなと凛は素直に同情する。

同時に、紅葉ほど美しく自信に満ちあふれている魅力的な女性に男性たちが惹かれてしまうのは仕方のないことなのかも、と思った。だって彼女は、『高潔』のあやかしなのだから。

「でもあんたは私が今まで会った女の中で一番マシだったわ。……さっき男たちから切子硝子を守ってくれたあんたからは、確かに高潔さを私は感じた」

そう言うと、紅葉は頬を緩ませた。彼女が初めて凛に見せた、親しみを感じられる表情だった。

「紅葉さん……」

「ふ、ふん！　って言ってもちょっとだからね！　ちょっと高潔なところもあるかな、って思っただけよ！　ほんのちょっと！　ひと欠片くらい！」

「ありがとうございます。嬉しいです」

素直に喜びを弾んだ声にのせると、紅葉はどこか呆れたように言った。

「まったくあんたって子は、本当に掴みどころがないったら。……ま、あんたは私にそう思わせたんだから、もっと堂々としてなさいよ。そしたら少しは伊吹の妻らしくなれるんじゃない？」

いつも通り高飛車な言葉だが、どこか柔らかい声音だった。

「はい……！」

感激しながら返事をする凛を見て、紅葉が破顔した。

鏡越しではなく直接紅葉に凛は視線を合わせると、嬉しさをこらえ切れず微笑んだ。

「なによ、まだひとつも集まってないの？　まあ、第一号ってのも悪くないわね」

身なりを紅葉に整えてもらった後、ふたりが階段を下りて甘味処に戻ると、伊吹がテーブルについて待っていた。

男たちによって荒らされた店内は、すっかり綺麗になっている。伊吹が片付けをしてくれたらしい。

そして先ほど約束した通り、紅葉が凛の御朱印帳に御朱印を押す運びとなった。

紅葉は橙色の御朱印を持ち、テーブルの上に広げた御朱印帳の前で構えると、凛を神妙な面持ちで見つめる。

「我は『高潔』のあやかし紅葉。凛の『高潔』を認め、生涯同胞であることを誓う」

凛とした声で紅葉は宣言すると、御朱印帳に押印した。

紅葉が舞い散る秋の景色の中、一本の角を生やした兎が佇んでいる、どこかかわいらしく風流のある絵柄の印だった。

凛は深々と紅葉に頭を下げた。

「紅葉さん、ありがとうございます」

「本当にありがとう。まさかこうも早く押してくれるとは。最初は凛に難癖をつけていたから」

お礼を述べながらも伊吹が苦笑を浮かべると、紅葉は顔を引きつらせた。

「べ、別に難癖ってほどじゃないでしょ。私の言う通りにできれば押してあげるって、最初に説明したじゃない」

「……それは建前で、あまり押す気がないように見えたが」

「もういいでしょ押したんだから！　それよりもどうよ、伊吹！　私の手によってかわいくなったでしょ、凛」

凛の背中を押し、伊吹へと近づけさせる紅葉。

実は凛は、伊吹の反応が先ほどから気になっていた。

二階から甘味処のフロアに戻ってきた瞬間、伊吹は凛を見るなり呆気にとられたような面持ちになった。しかしそれ以降、凛の方を見ようとしてくれないのだった。

——紅葉さんもかわいくなったと褒めてくれたし、私にしては綺麗になったと思ったけれど。伊吹さんは気に入らなかったのかな。

「変……でしょうか」

恐る恐る凛が尋ねると、なぜか紅葉は吹き出し、伊吹は首を勢いよく横に振った。

「変なんてとんでもないぞ！　いや、信じられないくらい凛がかわいくなっていて。いや、常にかわいいのだが、なんというか、今は綺麗で……」

「なによ伊吹ビビっちゃって。もっと男らしく褒めてあげなさいよ、もう」

笑いをこらえながらも、紅葉が伊吹を小突く。

どうやら伊吹も気に入ってくれたらしいことに気づいた凛は、ホッと安堵した。

「ってわけで、この私が御朱印を押してあげたんだから頑張りなさいよ、凛。次は客としてこのお店に来てちょうだいね。またあんたの髪、いじってあげるわよ」

紅葉が凜の頭をポンポンと撫でるように叩きながら気安く言う。

──仲のいい姉妹って、こういう感じなのかな。

実の妹とは生涯心を通わせることができなかったから、実際のところはわからないけれど。

「紅葉さん……。本当にありがとうございます」

深々と頭を下げて、凜は感謝の意を表した。

「浴衣もかんざしもあげるわ。餞別よ」

「え！　さすがにそれは……！」

「男どもが貢ぎに来るから、ありあまってんの。箪笥の肥やしになるだけだし、持っていってよ」

遠慮する凜に、有無を言わせないような強さで紅葉が勧める。

「せっかくだし、ここはありがたく頂戴しよう、凜。なによりその浴衣もかんざしも似合っている。一度着て返すのはもったいないよ」

「ほら、あんたの旦那もそう言ってるんだから！　もらって！」

ふたりにここまで促されて、受け取らないのも野暮な気がした。

「ありがとうございます。……大切に使わせていただきます」

心からそう思った凜は深々と頭を下げる。

「いちいち仰々しいんだから、もう！」と紅葉は呆れたように笑う。伊吹もそれにつられて笑っていた。

そして簡単に別れの挨拶をして、凛と伊吹は紅葉の甘味処を後にした。

「紅葉さんに御朱印いただけました。嬉しいです」

伊吹の屋敷へ戻る道中、御朱印帳を開き紅葉が押した印を見ながら、凛がほくほく顔で喜ぶ。

伊吹はそんな凛を目を細めて愛おしそうに眺めた。

「そうだな。君が紅葉のために頑張って働いていたから、その気持ちが伝わったんだと思うよ」

「そうなのですか？　私は自分にできることを精いっぱいやっただけなので……」

もちろん一生懸命働きはしたけれど、なにか特別なことをやったつもりはない。

「君はそう謙遜するが、なかなか簡単なことではない。凛のひたむきな気持ちを紅葉はわかってくれたのだ」

「私の、ひたむきさ……」

「ああ。それに君は、俺と紅葉の思いがこもった切子硝子たちを身を挺(てい)して守ってくれただろう。いったいどこまで健気でいれば気が済むんだい？」

冗談めかした口調で、伊吹は凛に問う。

凛にとってみれば体が勝手に動いた結果であって、健気だと聞いてもしっくりこない。

「あんなところを見せられたら、ますます好きになってしまうではないか」

いったいどうしてくれるんだとでも言いたげな伊吹の予想外の言葉に、凛はきょとんとしてしまった。

――そもそも伊吹さんって、どうして出会った時から私を大切に扱ってくれるのだろう。好きになるきっかけなど、いっさいなかったはずなのに。

とても不思議で、凛はやっぱり何度も考えてしまう。

しかしそんな凛の様子には気づかず、伊吹は空を見上げてこう呟いた。

「この調子で、御朱印を集めていきたいな」

「……はい」

――とにかく今は、この人の迷惑にならない自分になれるよう、頑張らなくては。

紅葉が着付けてくれた浴衣の袖をぎゅっと握りながら、凛は強く決意したのだった。

第五章　『凶夢』の伯奇

紅葉から御朱印をもらって数日経った。

凛としてはすぐに次の称号持ちのあやかしの元へと御朱印を頂戴しに行きたいところだったが、伊吹に若殿としての仕事が入ったため、この数日間は屋敷でおとなしくしていた。

そんな日の午後、仕事の合間に屋敷に戻ってきた伊吹と鞍馬も交えて、国茂の淹れたお茶と和菓子を居間で味わっていた時だった。

居間の隅の電話台に置いていた黒電話が、リンリンとけたたましく鳴った。

昔ながらのダイヤル式の電話など凛は写真でしか知らなかった。鳴ったところも初めて見たが、随分大きな音なんだなと少し驚いた。

「はい、少々お待ちを。……伊吹、紅葉さまからお電話だよ」

電話に出た国茂が伊吹を呼ぶ。伊吹は「わかった」と立ち上がり、電話の方へ向かった。

──紅葉さんから？　どんな用事だろう。

凛が一方的に姉のような親しさを覚えている紅葉。彼女には御朱印をもらい、和やかに別れたはずだが。

「紅葉ねーさんからか〜」

どこか呆れたような声で鞍馬が言う。

「そう言えば、鞍馬くんも紅葉さんとは仲がいいみたいだね」

「あ、うん。まあ……」

「紅葉さんのお店に行かないの？」

鞍馬との会話にようやく敬語が抜けてきた凛が尋ねると、彼は苦笑を浮かべた。

「えっ……いや、ははは。紅葉ねーさんは綺麗だし甘味もうまいんだけどさあ。……あの人ちょっと気が強いじゃん？　激しいっつーか」

「まあ……」

確かにはっきりとした性格の持ち主ではある。だが裏表がなくさっぱりしたところを、凛はとても好ましく思っていた。

「紅葉ねーさんのことは好きなんだけど、会うとちょっと疲れるっつーか、体力を奪われるっつーか」

「そうなの？」

「うん。俺、清楚系女子が好きだからさあ。……あっ、紅葉ねーさんには俺がこんな話をしてたなんて秘密にしておいてよ！　怒られる！」

「あ、うん。別に言わないけれど」

そんな会話を鞍馬としていると、電話口でしゃべる伊吹の焦った声が聞こえてきた。

「え、約束を？　もう取りつけたのか？　伯奇（はくき）とはいったいどんな……ちょ、紅葉！

ちょっと待っ――」

慌てた様子で紅葉を呼び止めていたが、途中で諦めたのか言葉を止める伊吹。はあ、とダイヤル式黒電話の前で彼は深く嘆息すると、受話器を置いた。

「紅葉さん、なんておっしゃっていたのです?」

「凛が次に御朱印をもらえそうなあやかしが常連にいるから、会う約束を取りつけたって。しかも今日、これから」

「えっ?」

「伯奇というあやかしらしい。だが俺が知らないあやかしでな……。詳細を紅葉に聞こうとしたのだが、客が来たらしく電話が切れてしまったんだ」

ため息交じりに伊吹が言う。

一刻も早く御朱印を集めたい凛にとっては願ってもない話だった。

しかし、御朱印を持つ称号持ちのあやかしたちは、曲者揃いだと伊吹が以前に話していたのも覚えている。

素性を知らないあやかしに御朱印をもらいに行くことに、伊吹が二の足を踏むのもわかる。

「『あいつ、結構変わった奴だし、たぶん変な要求してくると思うけど。伊吹と馬鹿正直な凛なら大丈夫だと思う』と、紅葉は簡単に説明してはいたがなあ。なんの称号を持っているだとか、もっと具体的な情報が聞きたかったのに」

「伯奇……。僕ちょっと知ってるよ」

「俺もー。一度見たことがある」

お茶を飲み終えた湯飲みを片付けていた国茂と、残っていたまんじゅうをかじっていた鞍馬が言った。

思わぬ情報源に伊吹が飛びついた。

「なに!?　ふたりとも本当か！」

「うん、まあ僕も面識があるわけじゃないけどさ。確か獏のあやかしだよ伯奇って」

「そうそう、寝るのが大好きで暇さえあれば寝てるんだって。だからなかなか人前に姿を現さないらしいんだけど、前に仲見世通りへ行った時にダチが『伯奇だ！　珍しい！』って驚いていてさ。そういやー、その時も紅葉ねーさんの店に入っていったなあ」

「獏か……」

ふたりの言葉に、考え込むような素振りを伊吹は見せた。

獏というあやかしについては、凛には少しだけ知識があった。

――確か、人の夢を食べるあやかしだったはず。

人の肉ではなく、夢の方が好物である珍しいタイプのあやかしだ。甘味も好きらしいことは知らなかったけれど。

　貘が食べるのは基本的に悪夢とされる。貘に悪い夢を食べてもらった人間は深い爽快感を得られるのだという伝承がある。あやかしの中では珍しく、人間に利益をもたらす種族だ。

「伯奇がなんの称号を持っているか、ふたりは知っているか？」

　伊吹の問いに、国茂が首をひねる。

「あー。なんだっけなあ。確かあんまりいい意味の称号じゃなかったような」

「確か、悪夢……じゃなかった、えーとでもそれと似た意味のやつ……あ！『凶夢』だよ！」

「『凶夢』……」

　あまり聞き慣れない言葉だったので、鞍馬の言った伯奇の称号名を凛は復唱した。

　――鞍馬くんの言葉の通り、きっと悪夢と同じような意味だよね。でもどうして、こんな称号を伯奇さんはつけられているのだろう？

　疑問に思っていると、伊吹が凛の肩を軽く叩いた。

「貘は基本的に温厚な種族だ。人を襲うことはないから、身の危険は考えにくい。変わり者だと紅葉の言葉にあったことと称号が妖しい意味なのは気になるが、約束も取りつけられてしまったし、とりあえず行くしかないな」

「はい」

そうだ、今の自分はとにかく御朱印集めに奔走するしかない。伊吹の隣に堂々と立つために。

「だが、心して行かなければならないな。紅葉は『高潔』のあやかしであるだけ、自分にも他者にも厳しいんだ。紅葉が俺たちなら大丈夫と言ったのは、俺たちなら伯奇の与える試練を乗り越えられると彼女が考えたからだろう」

「自分が御朱印をあげたのだから、伯奇さんの試練くらい乗り越えてくれないと困る。そんな感じでしょうか」

「うん、そうだな」

確かに紅葉は厳しさの中に優しさがあるタイプだ。獅子が子を崖から突き落とす、といった感覚だろう。

元より、御朱印集めを決意した時に、凛の中には試練を乗り越える心構えは生まれている。だからそんな紅葉の意向に怯むことはなかった。

「凛、それでは向かうとしよう。まあ、なにかあれば俺が一緒に戦ってやるからな」

「はい……ありがとうございます」

伊吹の言葉はとても心強い。『最強』の鬼が自分の夫であり、一番の味方である。これほどまでに頼もしいことがあるだろうか。

「うん、ふたりとも気をつけてね」

「行ってらー、伊吹に凛ちゃん！」

国茂と鞍馬に送られて、伊吹と凛は貘のあやかしである伯奇の根城へと向かった。

紅葉が教えてくれた伯奇の家へと伊吹と共に向かった凛だったが、その場所に到着するなり驚かされた。

伊吹の屋敷よりも随分と山深い、人里から遠く離れた場所。そして大きな岩を削ったかのような洞窟が伯奇の住処だというのだ。

「ここに本当に誰かが住んでいるのですか……？」

真っ暗な洞窟の奥を目を凝らして見ながら凛が言うと、伊吹も渋い表情を浮かべる。

「うーん……。紅葉の話だと間違いなくここであるはずなんだが。奥がどうなっているのかはよくわからないな。とりあえず、気をつけながら中に入ってみよう」

「はい」

伊吹はしっかりと凛の手を握ると、ゆっくりと慎重な足取りで洞窟の中を進んだ。それに凛は従いながらも、伊吹の大きな手から感じる温もりを味わっていた。

――やっぱり伊吹さんって温かい。

生贄花嫁として伊吹に献上されたばかりの時、寒くてかじかんでいた全身に伊吹の体温がやけに染みたのを思い出す。

だが今は温かさだけではなかった。なぜか心臓の辺りが妙に落ち着かない。

――私、疲れてるのかな。きっとそうだよね。

変な感じに脈打っていることを、なんとなく疲労のせいにしていると。

「中はとても広いな」

伊吹が足を止めて、洞窟内を見渡していた。

入り口は屈んで入らなければならないほど狭かったが、数メートル進んだ先には広い空間があった。背の高い伊吹が直立しても余裕なほどの高さと、手を伸ばしてもあまりあるくらいの幅がある。

「あ、伊吹さん。奥に扉があります」

空間の中には豆電球がいくつか天井から吊るされていたのだが、その扉の方へと導くような配置になっていた。

「本当だ」

扉は木製で取っ手がついていて、なかなかしっかりした造りだった。少なくとも住居の入り口としては申し分ない。

「どうやら、紅葉の言う通りここに伯奇が住んでいるようだな」

「そうみたいですね」

目的の場所へとたどり着けたらしいことに、凛はホッとした。

扉の横には、ご丁寧にも現代風のモニター付きインターホンがあった。黒電話や呼び鈴だけのインターホンが設置してある伊吹の屋敷より、伯奇の家の方がよっぽど現代らしい。

伊吹がボタンを押したが、しばらくの間反応がなかった。もう一度押しても、うんともすんとも言わない。

「留守でしょうか？」

「そうかもしれないな。出直そうか」

「はい」

残念だなと思いながら、凛が扉に背を向けようとすると。

ガチャリと扉が開く音がし、中からひょっこりと顔が出てきた。その男性は、伊吹と凛の姿を見ると気だるそうに笑った。

黒く伸ばしっぱなしの髪は無造作に後ろに束ねられ、顎には数ミリの長さに伸びた無精ひげが点々としている。

あまり清潔感のある出で立ちではなかったが、整った顔立ちのおかげで不潔な印象はなく、こなれ感があった。着ている甚兵衛から見える胸元には、色気すら感じる。

「寝ていたんだけど、おいしそうな夢の匂いがしてね。起きてよかったよ」

のんびりとした柔らかい口調だった。たった今まで彼が眠っていたというのは本当らしく、側頭部の髪に不自然なふうに癖がついていた。

――寝ていたとか、おいしそうな夢とか。獏だからこその言葉だよね。

眠るのが好きで、人の悪夢を食らうとされる。紅葉の話の通り、眼前のあやかしは獏の伯奇のようだ。

「伯奇殿。俺たちは――」

「あー、紅葉ちゃんから聞いているよ。鬼の若殿とその奥さん、だよね。御朱印が欲しいんだっけ？　いーよ、あげる」

自己紹介やら来た目的やらを説明しようとしたらしい伊吹の言葉を、伯奇が遮る。しかもいきなり御朱印をあげるときたので、凛は虚を衝かれた。

「え……よろしいのですか？」

思わず凛はそう尋ねた。

御朱印は、称号持ちのあやかしが相手の能力を認めた上で、同志となる契約を結ぶ際に押印されるもの。

大抵は簡単には押してくれないと星熊童子も説明していたし、紅葉だって押すには条件を示してきた。

それを、まだ名前すら名乗っていない段階で、まるで余ったお菓子でも分けるかのように『いーよ、あげる』だなんて、さすがに驚いてしまった。

伯奇は緩く微笑んだまま、凛にこう言った。

「あはは、別にいいよ。僕、あやかしたちの力関係とか嫁が誰になるかとか、全然興味ないし。紅葉ちゃんの甘味が好物だから、その親戚の人と仲間になるのは別にいいかなって。それだけ」

「……そうなのか。まあ、御朱印をいただけるのなら俺はありがたいが」

伊吹も伯奇の緩さ加減に少し戸惑っているようだった。

「あ、それでさ。御朱印を押す代わりに君らの凶夢を食べさせてほしいんだよ。いいかな？」

――ほら、やっぱり押すには条件があったみたい。そう簡単にはいかないよね……って、え？

「御朱印をいただける上に、悪い夢まで食べてくれるんですか？」

そんなの、こちらにはメリットしかないではないか。

凛の問いに、伯奇はニコニコしながら頷く。

「ああ、そうだよ」

「ちなみに君に夢を食べられたら、俺たちはどうなるんだ？」

「悪いことはなにもないよ。人間もあやかしも似たような凶夢を繰り返し見ることがある。でも僕がそれを食べちゃえば、その夢を二度と見ることはない。で、その凶夢ってのが僕にとっては極上の味なんだよねぇ」

　うっとりしながら伯奇は言った。

「つまり、俺たちの夢を食べると伯奇殿にも利益があるということだな」

「そーいうこと。ウィンウィンでしょ？」

　伯奇にとっても利益があり、さらにある種の悪い夢を二度と見なくなるのなら、御朱印のことがなかったとしても、こちらからお願いしたいくらいの話だ。

　――だけどちょっと……ううん、かなり都合がよすぎるな……。

　凛がそう思っていると。

「まあ、とりあえず中に入ってよ。ふたりにはまず、寝てもらわなければならないんだ。そうしないと凶夢は食べられないから」

「……確かにそうだな」

　伯奇が手招きをして、伊吹と凛を家の中へと迎え入れた。

　そして薄暗い廊下を、伯奇の後に続いて進んでいっている時。

「凛」

　伊吹が小声で囁（ささや）いた。おそらく、伯奇には届いていないくらいの声量だろう。

「はい」

内密の話に違いないと察した凛も、声を落として返事をした。

「話がうますぎる。きっとなにかある。心して行こう」

人間である凛ですら、都合がよすぎると思ったのだ。『最強』である伊吹は、それこそきっとさまざまな可能性を考えているはずだ。

「はい、伊吹さん」

「残念ながら、俺も獏とは関わったことがない。なにがあるのかは見当がつかない。だが、あの紅葉が『凛なら大丈夫』と言ったんだ。紅葉から御朱印を賜った時のように凛らしくいれば、きっと問題ないさ」

「私らしく……」

紅葉から御朱印をもらった時。凛はただ言いつけ通りに動き、紅葉の大切な物を椿の関係者から守っただけで、なにか特別なことをした覚えはなかった。

だから試練という響きを今回改めて聞き、自分に乗り越えられるのかと不安を抱き始めていた。

しかし、『凛らしく』という伊吹の言葉は、そんな凛を鼓舞してくれたのだった。

「わかりました。私らしく、やってみます」

伯奇に連れられて入った部屋は、行灯(あんどん)や提灯(ちょうちん)といった間接照明がいくつか置いてあるだけの、ぼんやりとした明るさの和室だった。

「お客さんの夢を食べる時は、この部屋に来てもらうんだ。このくらいの明るさが眠気を誘うみたいで」

和室の真ん中に伯奇が座ったので、それに向かい合うような形で伊吹と凛は腰を下ろした。

――確かに、なんだかすでにちょっと眠いな。

部屋に入ったばかりだというのに、凛は欠伸（あくび）が出そうになっていた。

「あ、そういえば注意点がひとつだけ。もし僕が凶夢を食べようとした時に、君たちがその夢の中にずっといたいって思ったら、その夢から君たちは永久に出られなくなっちゃうんだ」

「君が食べるのは凶夢なんだろう？　そんなふうに思うことが……あるの、か……？」

声がどんどん覚束なくなっていったかと思うと、伊吹は船を漕（こ）ぎ出した。

それを隣で眺めていた凛も、上瞼と下瞼がくっつきそうになっていた。

――凶夢の中にずっといたいなんて思うわけない。それに私らしく頑張れば、大丈夫、よね……。

そう思った直後、凛は深い夢の世界へと誘われたのだった。

＊

「凛ー！　誕生日おめでとうー！」

「凛のためにおいしいケーキを買ってきたんだぞ！　プレゼントも！」

両親のそんな声に凛はハッとした。

――ここは、どこ？　私は今までなにをしていたっけ。

両親の元から離れて、ここは全然違う場所にいたはずなのに、自分が一瞬前までなにをしていたのか記憶がない。思い出そうとすると、記憶がかすみがかってしまう。

「凛、どうしたの？」

凛の母が、心配そうに覗き込んできた。父親も同じような表情をしている。

「なんでもな――」

笑顔を作って両親を安心させるひと言を言おうとした凛だったが、この状況があり得ないことに気づき、思わず言葉を止めた。

――お父さんとお母さんが、私を心配するわけなんてないのに。

風邪をこじらせて寝込んだ時も、何針も縫う怪我をした時も、面倒そうに凛を見て舌打ちをし、『役立たず』と吐き捨てられるだけだった。

しかし、凛がついているテーブルの上には、もっと信じられない光景が広がっていた。

ローストビーフや握り寿司といった、豪勢な料理たち。テーブルの中心に置かれた苺がてんこ盛りのケーキには、【凛　誕生日おめでとう】と書かれたプレートまでのせられている。

誕生日など、生まれてから一度も祝われたことなどない。何月何日だったかすら記憶を手繰り寄せないと思い出せないほど、凛にとってはどうでもいい日だった。

また、自分以外の誕生日は妹や両親のために凛が朝から晩まで凝った料理を作らなければならず、重労働を課せられる日でしかなかった。

「どういうこと……？　なんで、私のお祝いなんか……」

あまりにもあり得なさすぎる状況に、凛は呆然としてかすれた声を上げる。

両親はそんな様子の娘を見て、不安そうにこう言った。

「さっきからどうしたの？　様子がおかしいけれど……」

「凛、どこか具合でも悪いのかい？」

とても優しい声音。妹にはいつもかけられていたが、自分にはただ一度としてかけられたことのない言葉。

――こんなの、あり得ない。こんなの違う。

「様子がおかしいのは、お父さんとお母さんじゃない！」

あまりに信じられなくて、凛は錯乱してしまった。

――そうだ。きっと、ここで甘えたら私は罰を受けさせられてしまうんだ。お前なんかが調子に乗るなって、私を教育するための仕込みだ。

一度も見たことのない優しい両親を、凛は信じることができなかった。だが、しかし。

「やっぱりおかしいわ……。凛、熱でもあるんじゃない？」

「病院に行くかい？　本当に、心配だ」

急に叫んだ凛を諫めることもなく、両親は深刻そうに言った。心から案じている瞳を、凛に向けながら。

「あ……」

次の瞬間、ボロボロと大粒の涙が目尻から零れ落ちた。

もう、訳がわからなかった。なぜ両親が優しいのか。この涙はなんなのか。なぜこの状況に、胸がぎゅっと締めつけられるのか。

「り、凛！　ちょ、ちょっとお母さん！　ハンカチ！」

「どうしたの!?　とりあえずこれで涙を拭きなさい」

急に泣き出した凛に慌てふためいた様子の両親。母親が凛にハンカチを差し出す。

凛はそれを受け取ると、涙を拭いた。ハンカチから母親の匂いがした気がした。決して近くで感じることなど許されなかった、温かな匂い。

まるで、今までずっと優しい両親だったかのように振る舞うふたりを眺めているうちに、おかしいのは自分なのではという思いが次第に湧いてきた。

——家族に厄介者扱いされていた私の記憶は。嘘だった？　夢だった？

そうだ、きっと悪い夢だったんだ。自分は普通の女の子として生まれてきて、優しい両親に囲まれてこれまで過ごしてきた。

「……ごめんね、お父さん、お母さん。なんでもないの」

涙が一段落してから、凛は笑みを作った。

「そうなの？　無理しちゃダメよ、凛」

「ううん、お母さん。本当に大丈夫。ごちそうがいっぱいで感激しちゃったみたい」

そう伝えると、両親は心から安堵したような面持ちになった。

ふたりに心配をかけてしまって申し訳なかったと凛は思った。

「なんだ、そうだったのか！」

「好きなだけ食べていいのよ～。全部凛のために用意したんだからね！」

「ありがとう。お父さん、お母さん」

その後シャンパンで乾杯をし、両親と朗らかに談笑しながら凛はごちそうにありついた。

自分のささいな言葉を拾って、楽しそうに笑顔で会話をしてくれる両親。凛は心の底から幸せを感じた。

食事の合間に、グラスに映った自分の顔が見える。両目が黒い瞳だった。

凛は一瞬違和感を覚えたが、「さ、デザートにケーキ食べましょ！」と母親に言われて、そんな感覚はすぐに忘れてしまった。

＊

気がつくと伊吹は、自分の屋敷の居間でひとりちゃぶ台についていた。

――確か、獏の伯奇の元へ行って、夢を食べてもらうために眠ったはずなのだが。

眠る前のことはちゃんと覚えていた。だから今現在は、夢の中なはず。しかし、あまりにもリアルでいつも通りである自宅の様子に、本当にこれが夢なのかと困惑した。

――いや、騙されてはならない。これは夢だ。

普段ならば不自然だと感じることでも、判断力の低下した夢の中ではそれを受け入れてしまうことがあるだろう。

伊吹は自分がそうなってしまわないように、意識が落ちる直前まで自身に強くこう言い聞かせていた。

――これから俺が体験するのは、夢。凶夢。なにが起こったとしても、夢だと見極め、その世界から出なければいけないのだ。

だから『これは夢ではないかもしれない』と伊吹が考えたのは、ほんの一瞬だった。

――しかし、夢なのに妙に現実感がある。これは意識を集中させないと混乱するだろうな。

凛は大丈夫だろうかと伊吹は思ったと同時に、あることに気づく。

夢の中だが、ここは自分の屋敷。それならば凛がいるはずだ、と。

もちろん夢なのだから普段と状況が変わっていて、彼女が存在しない可能性も大いにありうる。そもそも、この夢が過去なのか現在なのか、はたまた未来なのか。時間軸すらわからない。

だが、とりあえずの可能性を考え、伊吹は凛を探すことにした。

――まあ、もし凛がこの夢の世界に存在したとしても。しょせん、幻でしかないがな。

そう思いつつも、屋敷の中を歩き回って凛をくまなく探す。

どうやら自分は彼女が恋しいようだ、と伊吹は苦笑を浮かべる。この世界で出会える凛が偽物だということは、重々承知しているというのに。

だがそんな恋情とは別に、冷静な思惑もあった。現在の自分と一番深く関わっている凛が、この夢から抜け出す鍵になるのではないかと。

伊吹が居間で凛を探していた時だった。

「……伊吹さん」

襖が開いて、凛が居間に入ってきた。かわいい嫁の姿に、伊吹はホッとする。

「どこへ行っていたんだい？　心配したぞ」

幻想の凛だというのに、反射的に優しい声をかけてしまう。俺も御しやすい男だな、と伊吹はこっそり自嘲した。

「あれ、さっきお話したのに。湯あみをしていたんです」

よく見ると、寝間着用の浴衣を帯を緩めにして凛は着ていた。風呂上がりらしく、頬も少し上気している。そしてなぜか瞳は少し濡れていて、妙になまめかしかった。

「そうだったかな？」

「ええ、そうですよ。伊吹さんがそう申しつけたのですよ？　寝所に行く前に体を綺麗にしてこいと」

「え？」

凛の言葉の内容が一瞬理解できなかった。

しかし凛は口角を上げて彼女らしくなく妖艶に微笑むと、伊吹の背中に手を回してしなだれかかった。

「ねぇ、そろそろ口づけしてください。もう頬では物足りないです」

凛が伊吹の耳元で、囁く。吐息交じりに、妖しく。

──かわいい。

いつもとは明らかに様子が違う凛。日頃から彼女を愛でたくてたまらない伊吹にとっては、願ったり叶ったりの展開だった。なにより浴衣をだらしなく着て、頬を赤らめながら迫ってくる新妻など、全世界の男の夢ではないか。

「……本気なのか？」

凛の頬をそっと掴み、彼女を至近距離で見つめながら伊吹は尋ねた。凛は動揺する様子もなく、艶っぽく微笑んだまま頷く。

「もちろんです。私はあなたの嫁なのですよ」

はっきりと凛はそう言った。妖しい光をたたえた双眸で、伊吹を見据えながら。

そんな凛の背中に、黒く妖しい靄（もや）が立ち込めていた。しかし伊吹の側からは、それを見ることは叶わない。

＊

伯奇の前には伊吹と凛が横たわっていて、規則正しく胸を上下させていた。

ふたりとも深い眠りに入っている。深遠な夢の世界へと。

三人がいる『夢食いの間』は、伯奇の特別な妖力が宿っていた。この部屋に入ると、精神的にも肉体的にもどんな屈強な者でも、すぐに眠りに落ちてしまう。

そしてここにて眠った者が見る夢は、例外なく凶夢。

獏の間で言う凶夢は、悪夢とは異なる。悪夢は単に恐ろしく不吉な夢だが、凶夢は夢の主にとって、もっとも克服すべき事柄が表れるのだ。いわば、越えなければならない試練を暗示する夢とも言える。

また、伯奇の見せる凶夢に抗うことは、夢の主の精神に最たる傷を与えるような仕組みとなっている。つまり、並みの精神しか持ち合わせていない者ならば、大抵は凶夢の流れに身を任せてしまうのだった。

夢の主に『ずっとこの夢の中にいたい』と望ませる。それが伯奇の見せる凶夢なのだった。

「ふたりとも、なかなかの味だねぇ」

眠っているふたりの上に、時々綿あめのような白い物体が浮かぶことがあった。

それを伯奇は手のひらでむんずと掴み、かぶりつくように食べ、味わっていた。

この白い物体こそが、夢が伯奇の食べられる形となって表れたものだ。そして夢が至高の味になる時を、伯奇は今か今かと待っていた。

至高の味になる瞬間――それは夢の主が、『ずっとこの夢の中にいたい』と願った時。

伯奇は初めから、それが目的だったのだ。

「若殿は『最強』なだけあって、隙がないなあ。色仕掛けくらいしか、彼には試練がないのかあ。でも相当嫁さんにご執心のようだし、理性が持つかねえ。まあ、彼の精神力の強さなら五分五分ってところかな？　それよりも、このお嬢ちゃんの凶夢の方が極上の味になりそうだなあ」

ついさっき、いつものように伯奇が布団の中で惰眠を貪っていたところ、インターホンが鳴った。

紅葉に鬼の若殿と会うよう言われてはいたものの、眠り足りなかったのでいったんは無視しようとした。しかし、彼はある気配を感じて、慌てて玄関へと向かった。

ある気配――それは凛から放たれていた、圧倒的な不幸の空気だった。生まれながらにして誰からも愛されなかった者しか発することのない、淀んだ絶望のオーラ。

「お嬢ちゃんが見る凶夢は、僕にとっては最高のごちそうになる。直感したよ」

だから伯奇はふたりを招き入れたのだった。

すやすやと眠る凛を伯奇は見る。

凛の頬が時々緩む瞬間があった。きっと夢の中で笑顔になっているのだろう。

凶夢を食われれば、望み通り一生夢の世界で過ごすことができる。つまり、一生目覚めることはない。

「御朱印をあげるのだから、凶夢くらいは乗り越えてくれないとねえ。それくらいの人じゃないと僕は押す気にはなれないよ」

きっと凛が目覚めることはないだろう。伯奇の経験上、現実世界で不幸だった者ほど凶夢の中の幸せにすがる。

この凶夢の仕組みを知った上で、伯奇に夢を食べてくれとすがりに来る輩までいるほどだ。

「目覚めない方が幸せかもね、現実が不幸なら。その方が僕もおいしい物にありつけていいんだけどさ」

相変わらず心地よさそうに眠る凛を見つめながら、伯奇は毒気のない微笑みを浮かべた。

＊

「伊吹さま……。早く寝所へ向かいましょう」

身動きしない伊吹に、焦れた様子で凛が誘う。潤んだ瞳に桃色の頬、濡れた唇が伊吹の目に飛び込んできた。

これが悪意ある幻であることはもちろん伊吹にはわかっている。

だが、ずっとおあずけを食らっていた凛との情事が目の前にぶら下がっている。手を伸ばすだけで鷲掴みできる場所に。

――一度身を任せてもいいのではないか？　その後目を覚ましさえすれば。

いったん伊吹の理性がすっ飛びそうになったのは確かだった。しかし、それは一秒にも遠く及ばないほどの一瞬の出来事であった。

「こういうんじゃないんだよなあ」

伊吹は凛からそっと離れると、苦笑を浮かべて言う。

すると凛――らしきなにかは、驚いたように彼を見つめた。

「確かに積極的な凛もそれはそれでかわいいし、俺は夫婦らしいことを早くしたいと思っている。だけどな」

凛らしき者はすでに無表情になり、伊吹を見つめ返していた。

「悲しい生い立ちで凍った凛の心は、まだ完全には溶け切っていないはずだ。俺を慕ってくれるようになってきていることはわかるけれど、夫婦の愛にはまだ程遠いよ。俺は君が心から俺を愛してくれてから、そういうことをしたいんだ」

――今の凛は決してこんなことを言わない。俺の好きな凛は。

彼女はまだ、自分を不十分な存在だと思っているのだ。目的を達成するまでは、気持ちの上で伊吹と夫婦になるつもりはないだろう。

そう、称号持ちのあやかしたちから十分な御朱印を集めるまでは。伊吹の隣に立てる存在になれたと、凛が自分で心から認められる時までは。

一緒に過ごした期間は短いが、もう伊吹は凛のそんな内面を十分に知っていた。

伊吹が幻影の凛を拒絶した瞬間、凛の顔がぐにゃりと曲がり、周囲の背景と混じっていく。自分以外のすべての景色がマーブル状に蠢(うごめ)いた。

まるで作られたはりぼての世界が崩壊していくかのような、そんな光景だった。

そして、少し前まで存在していた見慣れた自分の屋敷の痕跡が跡形もなくなった時、伊吹はぱちりと目を覚ました。

傍らにいた伯奇は「あ、やっぱり君は起きた」と、なにかを咀嚼(そしゃく)しながらばつが悪そうに笑った。

*

「ああ、おいしかった！」

テーブルに所狭しとのせられていた自分の誕生日の料理をほとんど平らげた凛は破顔した。

「よかったわー、たくさん食べてくれて」

「これからも毎年お祝いしような！」

優しく微笑んでくれる両親。

なんて幸せな誕生日なのだろうと、凛は幸福を噛みしめる。だが食後の紅茶を堪能している時に、カップを見てふと気づいた。

――このブランドのティーカップ、確か妹の蘭のお気に入りだったよね。

『気に入っているんだから大切に扱ってよね！』と何度も言われた覚えがあったので、間違いない。

――あれ、そういえば蘭は？　どこにいるのだろう。

凛の誕生日のお祝いの席にいるのは両親だけだった。

「ねえ、蘭は？　どこ行ったの？　なんか用事でもあった？」

凛が紅茶をすすりながら尋ねると、父と母はニコニコしたまま答える。

「あの子ならいつも通りだよ。庭にいるよ」

「庭……？」

「今日作った料理、凛が気に入ってくれたからよかったけれどね。少し冷めていた気がするなあ。あとで叱らないと」

「え？」

笑顔のまま言うふたりの言葉が、凛には一瞬理解できなかった。庭にいるだとか叱らないとだとか、微笑んで口にすることとは到底思えない。

「どういうこと……？　蘭は……」

「あんな子のことを気にするなんて、凛は優しいわねぇ」

「凛の優しさに免じて、あの子にも残り物をあげようか」

父親は椅子から立ち上がると、キッチンに置いていた皿を取った。

凛が食べた、ほぼ骨しか残っていないフライドチキンと、崩れて誰も手を付けていなかった握り寿司がのっている皿だった。

「お父さん、それはどうするの……？」

「いいんだよ、凛は。そこにいて」

笑顔を貼りつけたまま、相変わらず鷹揚な口調で父親は言うと、閉まっていたカーテンを開けて掃き出し窓を開けた。

窓の外を見て、凛は息を呑む。

「蘭……!?」

真冬の夜なのにもかかわらず、Tシャツ一枚で妹は外に放り出されていたのだ。

いつもお気に入りの服を着て、髪の毛を念入りにセットして、流行りのキュートなメイクをしていたかわいらしい蘭が。

両親の愛情を一心に受けていたはずの妹が、なぜこんな目に遭っているのか。

「あ……」

テラスの上で体育座りをし顔を伏せていた蘭は、窓が開かれたことに気づくと顔を上げた。驚くことに、蘭の瞳は深紅の色に染まっていた。

――どういうこと!?　だって、蘭の瞳は両方黒かったはず。むしろ、瞳が赤いのは……。

自分だったはずだ。しかし、先ほどグラスに映った自分の瞳は黒かった。

なぜ？　どうして、目の色が姉妹で入れ替わっている？

蘭に向かって、父親は驚くほど冷たくこう言い放った。

「凛がお前の料理をおいしいってさ。……よかったな」

「……そうなの？　ありがとう、お姉ちゃん」

蘭は力なく微笑んで礼を言った。心から姉の凛に感謝しているかのような口ぶりで。

凛の背筋にぞわぞわと悪寒が走る。あまりに衝撃的な光景に、なにも言葉が出てこなかった。

「料理が残ったから、特別に食べていいぞ」

「……はい。ありがとうございます」

「食べ終わったら片付けておいてよね」

「はい、わかりました」

父親が、母親が、蘭に理不尽な言葉を浴びせる。しかし蘭は、それを至極当然のように受け入れて、素直に返事をしている。

——違う。蘭はこんな目に遭ってはいなかった。

生まれながらに瞳が赤く、あやかしが憑りついていると言われ、すべての人たちに蔑まれ、冷たく罵られていたのは凛自身だったはずだ。

——どうして私と蘭の立場が逆になっているの？

「どうしたの凛？」

呆然とした凛が立ち尽くして言葉を発せずにいると、母親が優しく語りかけてきた。しばし前に蘭を蔑むように見ていた彼女と同一人物とは思えないほど、穏やかに。

あまりの豹変ぶりで気味が悪く、凛は一歩後ずさる。

「さっきも様子がおかしかったけれど……。今日の凛、どこか変じゃないか？」

心配そうに凛を見つめながら父親が近づいてきて、手を伸ばしてきた。

凛は思わず、彼の手のひらを振り払ってしまった。

「お、おかしいのはお父さんとお母さんじゃない！　なんで、こんな……！」

ふたりに向かって叫ぶ。父も母も、虐げられていた妹の蘭ですら、驚愕の眼を凛に向ける。

——なんでこんなひどいことをするの？　蘭は家族でしょう？　そもそもあんな目

に遭っていたのは私だったのに。どうして私と蘭の立場が入れ替わっているの？　それに、瞳が赤く染まっているというだけで、蘭を……いや、私を、どうして家族として愛してくれなかったの。

「凛、なに馬鹿なことを」

母親が俯いて言う。

口調こそ穏やかだったけれど、低い声音には狂気が内包されているように凛には感じられて、恐ろしく禍々しかった。

「あなたがこれを望んだんじゃないの」

「そうだ、凛」

凛がなにも答えずにいると、父も母と同じように底気味悪い様子で言葉を紡いだ。

「お前の望みだよ。お前はずっと思っていただろう？　なんで私の瞳は赤いのだろう、どうして私なのだろうって。それは、『自分じゃなく、他の人間の瞳が赤いのならよかった』ということだろう？」

「……！」

父の言葉に凛は絶句した。

「ここではあなたの瞳は黒い。蘭の瞳は赤い。そういう世界なの。蘭のせいで私たち家族は疎まれて、つつましい生活を余儀なくされた世界なの。だからこんな子に優しくする必要なんてないのよ」

「そうだよ。さあ、凛。お前も蘭に相応の扱いをするんだ。そうすればお父さんとお母さんとお前は、ずっと幸せにここで暮らせる」

優しい微笑みを不自然に顔に貼りつけた父と母がじりじりと寄ってきた。

かつてない恐怖だった。蘭をぞんざいに扱った上でしか生まれない幸福を、共に求めてくる両親が。そしてそれを自分が望んでいたのだと、告げられたことが。

――私は本当に、こんなことを望んでいた？　自分の代わりに蘭が虐げられればいいって、思っていた？　いや、違う。

「私はこんなこと望んでいない！」

凛は拳を固く握り、力強く両親にそう言い放った。

確かに自分の運命を呪ったこともあった。瞳さえ赤くなければ両親は自分に優しくしてくれたのだろうかと考えたのは、一度や二度ではない。

――でも、だからといって。

「他の人に自分の代わりになってほしいだなんて、私は一度だって思ったことなんてない！」

叫ぶ凛を両親は黙って見つめていた。いつの間にか彼らから笑みは消え、まるで能面のような、無機質で非生物的な無表情となっていた。

「私はこんなこと望まない！　こんなふうに人を踏み台にした幸せなんか。それに、私今は幸せなの！」

自然とそう言葉が出て、凜はようやく現在の自分の状況を思い出した。

――そうだ。私は鬼の若殿の生贄花嫁になった。血を吸われて死ぬつもりだった私を、若殿の伊吹さんは花嫁として扱ってくれている。

今のこの光景は夢だったはずだ。だって獏である伯奇に凶夢を食べてもらうために、自分は眠ったのだから。

――なんておぞましくて、恐ろしい夢なのだろう。

「私は……あなたたちにはもう未練はないの！　……なんて嫌な夢なの。伯奇さん！早くこんな夢、食べてしまってください！」

腹の底から声を絞り出し、凜がそう絶叫した瞬間だった。

父が、母が、妹が。サラサラとした砂となり、砂上の城のように崩れていった。見慣れた自宅の光景も、ざあっと音を立てて崩壊していく。

そして凜が瞬きをした後、景色は一変した――。

薄暗い部屋の中で、凜を心底心配そうに見つめる顔があった。伊吹だった。

「……目覚めたのか、凜！」

嬉々とした面持ちで、伊吹は凜に抱きついてきた。

——相変わらず、温かい人。

眠っていたため体が冷えてしまっていたのだろうか。伊吹の体温が、やけに身に染みる。とても恐ろしい夢に囚われていたせいかもしれない。

「伊吹さん、私、私……」

伊吹にいろいろ伝えたいことがあったが、言葉がうまく吐き出せない。凜は自分の想いを込めるように伊吹の胸に顔を埋める。

——私の今までの人生は、きっとこの人に出会うためだったんだ。だからもう過去なんて振り返らない。いつ死んでもいいなんて、私は誰からも愛されないだなんて、もう思わない。

伊吹の嫁にふさわしい人間になろう。彼の隣に立っても恥じないような存在に。

陰鬱で凄惨な自身の過去と、凜が決別した瞬間だった。

「君も目覚めたかあ、残念。まあ、なかなか腹は膨れたよ」

伯奇は凜に向かって、屈託なく笑ったのだった。

約束通り御朱印を押すからと伯奇に促されて、部屋を移動した。

移った先はちゃぶ台と座布団が敷かれた、よくある客間だった。

伯奇は「寝るのにも体力を消耗するからね。おなか減ったでしょ？　茶菓子でも食べなよ」と、まんじゅうとほうじ茶を用意してくれた。

「初めから、俺と凛が夢の世界の誘惑に堕ちることを狙っていたんだな？」

伊吹が引きつった顔をしながら伯奇に問う。

しかし伯奇はまるで鼻歌でも歌い出しそうなほど、ご機嫌そうな面持ちをしていた。

「え、どういうことですか？」

意味がわからず凛が尋ねる。

伯奇はただ、凛たちの凶夢を食べることを望んでいただけなのでは？

「夢の内容でわかるさ。抗わなければ目覚めることのできないような夢だったからな。このままずっと夢の中にいたいと思えてしまうような。大方、夢の主が夢の世界に落ち切ってしまった瞬間、その夢は伯奇にとっては至高の味になる……そんなところじゃないのか？」

「さっすが鬼の若殿、察しがいいね」

あっけらかんと伯奇は答える。だが凛は、伊吹の言葉の意味を深く考えて戦慄した。

「じゃ、じゃあ伯奇さんは、私たちが二度と目を覚まさないことを狙っていた……そういうことですよね？」

伯奇は眠る前にこう説明していたのだ。

『もし僕が凶夢を食べようとした時に、君たちがその夢の中にずっといたいって思ったら、その夢から君たちは永久に出られなくなっちゃうんだ』と。

伯奇はにやりと、どこか不敵に笑う。

「これくらいの試練を振り切れないような人に、御朱印を押してあげる価値なんてないからね。やっぱなかなか簡単にあげるわけにわねぇ」

虫も殺さないような微笑みを常に浮かべているのに、なんて恐ろしいことを考える人なのだろう。

「でも私の夢はそんなにいい夢じゃありませんでした。……途中までは確かに幸せだったけれど」

妹の存在を忘れている間は、確かに幸福だった。優しい両親、盛大に祝われる誕生日。人間界にいた頃の凛がずっと淡く夢見ていた、決して手に入ることのなかった柔和な光景がそこには広がっていた。

「それは君が、過去に起因する心の闇なんてどうでもいいって思えるほど現実世界に幸せを感じていたからだね、きっと」

伯奇がまんじゅうをかじりながら、気安い口調で言う。

「過去に起因する心の闇……」

「そうだ。君はもともと自己犠牲の強い方みたいだけれど。さすがに今幸せじゃなければ、あの夢にすがっていたのではないかな」

そうかもしれない。

伊吹の存在がなければ、きっとあんなふうに毅然と両親を拒絶できなかっただろう。

さすがに妹の蘭を虐げようとは、過去の自分でも考えなかったとは思う。だがきっと、両親の優しさを受けながらも彼らに隠れながら蘭を労わる……といった道を選んだんじゃないかと考えた。

――こんな瞳で生まれて迷惑をかけたんだから、蔑まれて当然なんだ、冷たく罵られて当たり前なんだってずっと思っていた。……ううん、無理やりそう考えるようにしていたんだ。でも、本当は。

両親とも妹とも凛は普通の家族らしく、穏やかに暮らしたいと心の底では渇望していたのだ。

だけど今は、あの家族たちのことはどうでもいい存在へと成り下がっている。自分の今の家族は、伊吹なのだから。

「そうか……！　凛は今幸せなのだな!?　それは俺が、少しは役に立っているということでいいんだよな!?」

伊吹が瞳を輝かせて、大層嬉しそうに尋ねてきた。

凛は微笑んで頷く。

「もちろんです。伊吹さんが私を幸せにしてくださっています」

自分の心からの想いを告げると、なぜか伊吹は目をぱちくりとさせた。

「伊吹さん？」

「君は想いをはっきりと言うのだな。奥ゆかしいのか大胆なのか、たまにわからなくなるんだ」

「えっ、ダメでしたか？」

伊吹は大きく頭を振った。

「いや、ダメではない！ 嬉しいよ」

「そうですか、それはよかったです。……あ、そういえば」

自分の夢の話ばかりしていたが、伊吹がどんな夢を見たのかが気になった。鬼の若殿なのだから、きっと自分よりも大層邪悪な欲望を見せられ、それを振り切ってきたのだろうと凛は想像した。

「伊吹さんはどんな夢を見たのです？」

何気ない口調で尋ねると、なぜか伊吹は虚を衝かれたような面持ちになった。

「お、俺のことはいいだろう」

「ずるいですよ、私のことは聞いたのに」

凛がそう冗談めかすと、伯奇がにやりといやらしい笑みを浮かべた。

「あー、伊吹くんの夢はねぇ。妄想の中の凛ちゃんが色っぽく迫って――」

「わー！　わー！　伯奇言うな！　そして凛は聞くなっ！」

「……？　そ、そこまで嫌ならいいですけれど……」

伯奇から耳を疑うような内容が聞こえてきた気がしたけれど、必死な伊吹の様子に圧されて凛は渋々そう言った。

そして、その後……。

「我は『凶夢』のあやかし伯奇。凛の『凶夢』に抗う力を認め、生涯同胞であることを誓う」

誓いの言葉と共に、伯奇は凛の御朱印帳に印を押してくれた。

鼻の長い獣が彫られた印だった。獏の本来の姿らしい。

「おとなしそうに見えて君は強いね。そして紅葉ちゃんの話の通り、気高い心を持っている。僕は君を気に入ってしまったよ。これで僕と君は同志だ」

別れ際、凛をまっすぐに見つめて伯奇は微笑んだ。

第六章　夜血の力

――それは今から十年ほど前の出来事だった。

伊吹は、当時健在だった祖父の酒呑童子に、突然「人間界へ行くぞ」と告げられた。

あやかしの大将でありながら、祖父は常に飄々としていて、自由人気質だった。儀式や大事な会合を気分ですっぽかして下の者に注意されている光景を伊吹が見たのも、一度や二度ではない。

伊吹に対しても、「今から街に遊びに行くぞ」と床に就いてから叩き起こしに来たり、由緒ある儀式に自分の代わりに唐突に出席させたりと、突拍子もない行動を取ることが頻繁にあった。

予想もつかないことばかりする突飛な祖父がおもしろくて、伊吹は彼をとても慕っていたし、彼の提案にはできる限り乗っていた。

しかし人間界へ行くという言葉には、驚きを禁じ得なかった。祖父自身が締結した異種共存宣言によって、あやかしは簡単に人間界に渡ってはならなくなってしまったのだから。

「なぜ？」

「夜血の乙女を見つけたんだよ。お前にいつか献上される女の子だ」

祖父は伊吹の頭を撫でながら、鷹揚にそう言った。

夜血の乙女の話は、その存在を嫁にした祖父からもよく聞いていたし、鬼の間で伝承されている昔話でも有名だから、伊吹も知っていた。

鬼が至高の味とする夜血を、生まれながらに体内に宿す人間の女性。人間とあやかしの間に結ばれた条約により、二十歳の誕生日を迎えた後、当時の鬼の若殿に差し出される存在。

まさに、現在の鬼の若殿——伊吹のために存在するような人間である。

「人間たちは、まだその子に夜血があるということには気づいていないようだった。俺がたまたま人間界に行った時に、その子を見てわかったんだ」

「どうしてわかった？」

「……見ればわかるんだよ。きっと伊吹も見ればわかる」

祖父がなにを言っているのか、伊吹には全然理解できなかった。

祖父は、彼が若殿の時に献上された夜血の乙女・茨木童子をそのまま妻として迎えた。

夜血の乙女は鬼の若殿の花嫁として人間たちから献上されるが、その後の扱いは鬼側の自由だ。

祖父の前に献上された乙女たちは、その日に血を吸いつくされて絶命したり、生かされても死なない程度に血を吸われて身分の低い側室へとされたりと、あまりいい待遇ではなかったという。

祖父はなぜ、自分とは違う種の人間の女性を正妻にし、慈しんだのだろうか。

伊吹は人間とは関わったことがなかった。人間は低俗な者だと蔑むあやかしも、いまだに数多くいる。

さすがにそうとは伊吹は考えていなかったが、あやかしと人間はまったく違う種族であるため、得体の知れない存在だった。

そんな人間を最愛の人とし、人生の伴侶と選ぶことは自分にはないだろうなと、伊吹は思っていた。

「生贄花嫁として捧げられた乙女は、若殿が好きにしていい。血を吸って殺しても文句を吐く奴はいない。しかし、夜血の乙女は物じゃない。俺たちと同じで、生きているし感情もある。お前に無理に結婚しろとまでは要求しないよ。だが、ぞんざいに扱わないでほしいんだ」

人間界へと向かっている道中で、祖父は諭すように言った。伊吹はこくりと頷く。

もちろん、伊吹にそんな気は元よりなかった。

生まれながらにして運命が決まっている夜血の乙女。

人間にとっては脅威であるあやかしの元へと捧げられるという残酷な宿命を背負っている夜血の乙女に、冷たくすることなど考えられない。

さすがに嫁にとは思わなかったが、捧げられたら客人として丁重にもてなそう……

と伊吹はこの時考えていた。実際に、夜血の乙女――凛をこの目で見るまでは。

中流家庭の人間が住んでいる、こぢんまりとした戸建ての庭に十歳くらいのその少女はいた。

白い腕や首元は骨の形が見えるほど筋張っていて、風が吹けば果てまで飛んでしまうのではないかと心配になるくらいガリガリに痩せていた。

着ている服は裾や襟首が伸びきっていて、ところどころ小さな穴も開いている。生気のない虚ろな瞳は赤い。

「夜血の乙女は、体の一部が赤くなる。茨木童子もそうだった」

隣の空き地から生垣で身を隠すように彼女の様子を窺いながら、祖父が小声でそう説明した。

だが伊吹は、あまり彼の話が耳に入ってこなかった。

――なんであんなに、みすぼらしいんだ？

骸のようにやせ細って、着るものも満足に与えられていない少女に、伊吹は釘付けだった。

その少女は、庭で大量の洗濯物を干していた。

背が低い上に筋力もなさそうな彼女には、見るからに骨が折れそうな作業だ。なかなか進んでいないように見受けられる。すると。

「なによ、まだ干してんの？　相変わらずとろいね、お姉ちゃん」

家から庭に出てきて夜血の乙女に向かって嫌味ったらしくそう告げたのは、これまた少女だった。夜血の乙女よりも少しだけ背が小さい。彼女の妹だろうか。

しかし、夜血の乙女の肌や髪が遠くから見ても傷み切っているのがわかるのに、妹の方はそれとは真逆だった。肌は白いが血色もよく、毛先まで艶々の髪は丁寧に結われている。服装も、レースがたっぷりあしらわれた凝ったデザインのワンピースだった。

「あ……。ご、ごめんなさい」

心底申し訳なさそうに謝る夜血の乙女に対し、妹はニヤニヤと笑っている。

「謝って済む問題じゃないし。早く干してくれないと臭くなっちゃうじゃん」

「……すぐに、終わらせるから」

「えー。でも、この奥の方とかもう臭いじゃん絶対」

洗濯物が入った籠を妹はひっくり返した。庭の土の上に洗濯物が散乱する。

夜血の乙女は目を見開き、ただそれを凝視していた。

「あーあ。また汚れちゃったわね。もう一回洗い直して、さっさと干してよね」

「…………」

「なによ、返事は？」

「……はい」

夜血の乙女が消え入りそうな声で返事をすると、妹は満足げに微笑んで家の中へと入っていった。

「……なんなんだよ、これ」

伊吹は声を押し殺して言った。

あらかじめ祖父には『今日はこっそり見に行くだけだ。絶対に気づかれないように
な』と念を押されていたからおとなしくしているものの、それがなければとっくに飛び出して手を貸しているところだ。

「まだあの子が夜血の乙女だと知らない家族は、彼女が疎ましい存在なんだ。人間にとって、赤目はあやかしの証。忌むべき存在だと信じ込んでいる」

「でも、だからといって」

──同じ人間だろう？　ましてや、血のつながった家族だろう？　それなのになぜ、あんなふうに冷たく接することができるんだ？

だがそれと同時に、伊吹はこう思った。

──あの子があんな目に遭っているのは、俺のせい。夜血さえ宿っていなければ、彼女の瞳が赤く染まることはなかったはずだ。

鬼の好物とされる夜血さえなければ。鬼の若殿に献上されるための夜血さえ。

「茨木もそうだった。血を分けた家族から、相当虐げられていたらしい」

今は亡き伴侶を懐かしむように祖父は目を細めた。

この時、夜血の乙女を祖父が生涯愛しぬいた気持ちが伊吹にはわかった気がした。

きっと、自分のために生まれた乙女が虐げられていたことを知った瞬間、祖父は全身全霊で彼女を守ろうと誓ったのだ。そしてそれが、いつしか愛へと変わった。

ふと伊吹が足元を見ると、紫や白、桃色の桔梗の花が生えていた。この辺は標高が高く山深い場所なので、どうやら自生しているらしい。

伊吹はそれをいくつか摘み取って綺麗に束にすると、庭の隅に丁寧に置いた。あの少女に、なんとなく花を送りたくなったのだ。

「よりによって桔梗の花かよ。伊吹、お前やるなあ」

「え？　どういう意味だ？」

「それは……ん、やべえ、あの子こっちに来るぞ。もう離れよう伊吹」

焦った様子の祖父と共に、伊吹は素早くその場から離れた。

――桔梗の花に、あの子は気づいてくれただろうか。

あやかしの国へ戻った後も、あの少女の顔が伊吹の頭から離れなかった。生気のない抜け殻のような瞳をした、薄汚れた身なりの少女が。

――どんな時に微笑むのだろう。どんなふうに笑うのだろう。

何度も何度も、あの少女の心が満ち足りて自分に微笑みかけてくれる場面を伊吹は想像した。

そんなことを、少女が二十歳となり花嫁として伊吹に献上されるまで毎日繰り返した。

そのうちに、いつの間にか伊吹は決意していた。

あの少女を。夜血の乙女を、世界一幸せな自分の花嫁にする、と。

そしてその頃、伊吹は知ったのだった。

桔梗の花言葉が『永遠の愛』であるということを——。

＊

月の満ち欠けは、人間の体に影響するという諸説がある。

満月が近くなると気分が高揚する人がいたり、満ち欠けの周期と女性の月経が一致していたりする——そんな説を凛も聞いたことがあった。

だが、凛自身にはそんな傾向はなく、月が人間にもたらす影響など頭の片隅に知識として置いていただけだった。迷信に近いとすら思っている節もあった。

そして凛はこれまで知らなかった。微々たる影響しか受けない人間とは異なり、あやかしにとって月の満ち欠けは体に多大な影響を与える重要な事柄だということを。

伯奇から御朱印を授かって数日後。今宵は夜の闇がもっとも深くなる、新月だった。

「今日の夜だが。鞍馬、お前が気を張っていてくれよ」

全員の入浴が済み、居間から寝所に向かう時間になった頃。伊吹が鞍馬に対して普段とは違うことを言ったので、凛が首を傾げた。

人間界で出版されている雑誌を読んでいた鞍馬は、顔を上げて頷いた。

「あ、そっかー。今日は新月だもんね。伊吹はもう眠いのか」

「ああ。やはりこの日だけは、俺の力は脆弱になってしまう」

「どういうことですか……?」

ふたりが当たり前のように話していることの意味がわからなくて、凛は尋ねた。

「ああ、凛。新月の夜は鬼の力が弱まってしまうのだ。体感だが、いつもの半分以下……いや、三分の一以下になるかな」

「え、そうなのですか？」

全然気がつかなかった。が、よく見てみると、伊吹からにじみ出る覇気がいつもより若干薄い気がした。

瞼もいつもよりやや下がっている。ひょっとしたらすでに眠気を覚えているのかもしれない。

「そうなんだよ〜。でも、天狗は新月の日に一番力が強くなんの。だから今夜だけは、俺の方が伊吹より強いよ」

力こぶを作って、鞍馬は得意げに笑う。

「おい、今夜だけだぞ。今夜だけ。日没から明朝までの何時間かだけだ。それ以外は俺の方が圧倒的に強いんだからな。忘れるなよ」

言葉尻がやたらと強い伊吹の口調だった。

別にそんなに念を押さなくても、彼が『最強』だということを凛は十二分に理解しているというのに。

負けず嫌いな伊吹の物言いに、凛はこっそりとかわいらしさを覚える。

「はいはい、わかってますって～。伊吹は『最強』だもんね。逆に鬼の力が強くなる満月の日の天狗は、すっげー弱くなるしね～」

苦笑いをする鞍馬。

伊吹の話では、鞍馬の妖力はなかなかに強大で称号を授けられるには十分なほどの実力を所持しているそうだが、出生の事情によっていまだに称号なしらしい。

鞍馬は天狗のあやかしであるため、称号を得るためには天狗の長の承諾がなければならない。

しかし母親とほぼ絶縁状態であるため、天狗界隈では鞍馬は存在しない者として扱われているのだそうだ。

ゆえに、現状では鞍馬は称号を得ることは叶わないのだという。

しかしこの話をした時、当の本人はまったく気にしていない様子で『まあ別に、俺は称号なんかいらないし。面倒そうじゃん？』と呑気な素振りを見せていた。

なんとも鞍馬らしいなと、凛は思った。

「わかればいいんだ。まあだが、今日だけは頼む。寝るなとまでは言いつけないが、屋敷に不審者が侵入しないように気を張っていてくれ」

「はいはい、了解です。どうせ、いつも通り動画見たりして夜更かしする予定だったし。ついでに気をつけとくよ」

妖力の強いあやかしである彼らは睡眠中でも不審な気配を感じ取ることが可能で、不穏を感知したらすぐに目覚めて臨戦態勢を取れるらしい。

しかし、力が弱くなっている今夜の伊吹にはそれが難しいのだろう。

猫又の国茂はもともと戦闘タイプのあやかしではないので、新月の夜だけはいつも鞍馬に警備をお願いしているというわけだ。

「なるほど、あやかしにはそんな事情があったのですね。伊吹さん、私に今日できることはありますか？」

「なにも……。いや、えーと。実は今日の俺は心も弱くなってしまうんだ。心細いので、添い寝をしてくれないか？」

「えっ!?」

想像外の方向で助けを求められたので、凛は赤面する。

――そ、添い寝って……。一緒の布団に入るってことだよね？　でも本当に心細いのなら、やるしかないのかな……。

「えっと、あ、あの。は、はい。わかりま――」

「待って待って。それ嘘だから凛ちゃん。体は弱っているくせにエロいこと考える元気はあるんだねぇ」

鞍馬が凛の言葉を遮りながら、半眼で伊吹を睨みつける。

「えっ!?　嘘……？」

「嘘じゃない。俺はいつだって凛と添い寝をしたいと望んでいるが？」

「心細いっていう話は嘘じゃねーかよ」

真顔で甘いことを吐いてくる伊吹に、鞍馬が冷たく言い放つ。

――そ、そこまで思ってくれるのは嬉しくはあるけど……。心細いっていうのが違うのなら、やっぱり添い寝は、まだちょっとね……。

「す、すみません伊吹さん。まだそういうのは、恥ずかしくて……」

「ん、そうかそうか。それなら仕方ないなあ。ちっ……。鞍馬、余計なことを」

「変なことほざいてないで、役立たずはもう寝ろ！」

嘘をついたくせに悪態をつく伊吹に腹が立ったらしく、鞍馬は彼の背中を押して寝所に向かわせるように促した。

そのやり取りがおかしくて、凛はくすりと笑いながら伊吹の後に続く。

「おやすみなさい、鞍馬くん」

「うん。おやすみ、凛ちゃん」

就寝の挨拶をすると、鞍馬は満面の笑みで答えてくれた。


「はあ、やっぱりかわいいな〜。人間の女の子」

就寝前、鞍馬は自室でパソコンを開き、ネット動画を閲覧していた。

彼の毎日の習慣だった。かわいらしい人間のアイドルたちの動画を心ゆくまで見て、満ち足りた気持ちになってから床に就く。

——そうすれば、いい夢見られそうな気がするもん。人間の女の子が彼女になってくれる夢とかさ。

気の済むまで動画を見た後、鞍馬は部屋を出て就寝前の用足しへ向かった。

「あーあ、いいなあ。伊吹は凛ちゃんが嫁で」

用を足しながら、思わずそんなことを呟いてしまった。

線が細く常に奥ゆかしく穏やかそうな凛は、まさに鞍馬の理想だった。

人間よりも個性が強いあやかしは、変わり者や自己主張が激しい性格の者が多い。男性も女性も。

積極的すぎたり偏屈だったりするあやかしの女性しか鞍馬の周りにはいないので、余計に人間の女の子への憧憬が強くなった。

――まあ、つっても兄貴の嫁だもんね。略奪とか、そういうの俺らしくないし。

なんてことを考えながら便所を出ようとする鞍馬だったが。

「……！」

窓の外から禍々しい気配を感じた。

しかしその邪悪な気は、鞍馬にとっては懐かしさもあった。一瞬で、誰がそこにいるかわかってしまった。

「……あんだよ、ババア。二度と来るなっつっただろうが」

窓の外を睨みつけながら、殺気を声に含ませて鞍馬は吐き捨てる。

すると窓がひとりでに開いた。外には、木の枝の上に優雅に座っている女性の姿があった。

「また意地を張って。反抗期もほどほどにするんだよ、鞍馬」

にやりと彼女は妖しく笑う。

鞍馬の実の母親で、現天狗の長の側室である、天逆毎だった。

鞍馬は嫌悪感をむき出しにした表情で「ちっ」と舌打ちをする。

「帰れ。顔も見たくねぇ」

「あらあら、やんちゃだねぇ。もうそういうのはいいだろう？　そろそろわらわの元へ帰っておいで。そして天狗の長になっておくれ」

「死んでも嫌だね。消えろ」

猫撫で声で誘う天逆毎を、鞍馬ははっきりと拒絶する。しかし天逆毎は、意に介していない。

「……ふふ。なあ鞍馬。あの女……この前お前と一緒にいた痩せた女。あれ、人間だろう？」

「なんだと！　お前、どこでそれをっ」

凛の正体を天逆毎にいきなり告げられ、鞍馬は焦ってまくし立てる。

それを聞いた天逆毎は、邪悪な笑みを濃くした。

「ははは！　やっぱりそうだったのか！」

「な!?　ババア！　カマかけやがったな!?」

「ふふ、お前のこの前の言動でもしかしたらと思ったのだよ。人間の嫁をもらった酒呑童子のことを貶めたら、やけに焦っていたからねぇ。しかしまさか、本当に人間の女だったとはね」

「……っ！」

鞍馬は臍（ほぞ）を噛む。自分のせいで凛が人間であることがバレてしまった。しかもよりによって、あやかしの中でも特に陰湿で人間を低俗な物だと扱う天狗に。

――俺の責任だ。俺がなんとかして凛ちゃんを守らなければ。

「凛ちゃんに手を出すな。指一本でも触れたらお前を殺す」

瞳にあらん限りの殺気を込めて、押し殺した声で鞍馬は言った。

「あらあら、なかなか天狗らしくなってきたなあ鞍馬も。母は嬉しいぞ。あの女……凛という名だったか。別になにかする気はない、わらわはな」

「え……？」

意外な天逆毎の言葉に、鞍馬は虚を衝かれた。

てっきり凛が人間であることを皆にばらすとか、そういったことを盾にして自分の元へと戻ってこいだなんて要求されると考えていたからだ。

だが、凛のことを話に出したということは、天逆毎にとってなんらかの目的があるはずである。

「……なにを企んでるんだよ、ババア」

「ふふ、あの女に手を出すのはお前だ、鞍馬」

「あ?」

眉をひそめる鞍馬。天逆毎は薄ら笑いを浮かべた。

「お前はあの女が欲しいのだろう? 人間の女が。かわいらしい人間の乙女がな」

「は? そんなことねーし。だいたい凛ちゃんは伊吹のお嫁さんだからな」

きっぱりと鞍馬はそう断言した。

もちろん凛のことはとても気に入っているし、伊吹のことをうらやましく感じている。だが先ほども思った通り、伊吹から奪ってまで自分のものにする気なんてさらさらなかった。

凛には好意はあるが、伊吹に対する好意はもっと深い。尊敬、家族愛などが複雑に絡み合っている愛情。照れくさくて本人には伝えないが。

種族の違う弟を快く屋敷に迎えてくれた兄に、鞍馬は絶大な信頼を寄せている。

「意地を張らなくてもよいのだよ鞍馬」

「は?」

「母の命じる通りにすれば、あの女をお前に惚れさせてもいいのだぞ。生涯お前しか見えなくなるように、な。なに、ちょっとお前が伊吹からあの女を引き離せばよい。今日は新月だから、お前にもできるだろう? 鬼の加護がなくなった人間の心を操るなど、わらわにはたやすいことよ」

「……だから嫌いなんだよ、あんたたち天狗のことは」

鞍馬は俯くと、低い声で言った。

天逆毎は怪訝そうな顔をし、「ん？」と声を漏らす。

「昔から陰湿で、ねちっこくて、いつも人の弱い心に付け込んで……。とっと俺たちの前から消え失せろっ！」

力いっぱい叫びながら顔を上げた鞍馬は、憎悪を込めた瞳を天逆毎にぶつけた。

天逆毎に対しては、本当に幼い頃から嫌悪感しかなかった。自分の内面はやはり、鬼の血を濃く受け継いでしまったのだろう。

鞍馬にとって家族は、優しい鬼の兄と、その嫁である凜だけだ。

実の母親だと名乗る眼前の毒婦のことなど、本来ならば視界にすら入れたくない。存在の記憶を抹消したいくらいだ。

「……ふふっ。これも反抗期というものか。やはりかわいいのう、わらわの鞍馬は。なに、そんなに虚勢を張らなくていいのだよ。前も伝えたであろう？　お前はすぐに、私の元へ戻ってくるとな」

鞍馬の主張などどこ吹く風といった様子で、天逆毎は妖しく笑う。この時、天逆毎の瞳がほんのりと淡く、不気味な光を放っていた。

だが、怒り興奮していた鞍馬はそのことに気づいていなかった。

「んなことあるわけねぇだろうがっ！　クソババアっ」

「それが、あるのだよ。わらわはお前の母なのだからな……！」

声を荒げる鞍馬を見つめていた天逆毎の瞳が、ひときわ強く光った。

ハッとした鞍馬は、天逆毎から顔を背けようとしたが……。

「くっ……」

体をまったく動かすことができず、鞍馬は小さく呻いた。

——まずい。傀儡の術をかけられていたのか……！

傀儡の術は、天逆毎がもっとも得意とする術だ。他者を意のままに操り自分の手を煩わすことなく目的を達成する、狡猾な彼女らしい十八番だった。

もしこれが今日でなければ、天逆毎に対する憎しみに興奮していたところで、こうも簡単に鞍馬は術をかけられていないだろう。

だが、彼女が通常時よりも妖力を増大させていたのが仇となった。

今宵は新月。月明かりのないこの夜は、闇に生きる天狗の力がもっとも強大となる日なのだから。

鞍馬も普段より力は強まっているが、彼は鬼の血も引いている。よって、力の増幅量は、どうしても純潔の天狗である天逆毎より弱くなってしまう。

「……さあ、鞍馬」

天逆毎は、鞍馬に近寄って耳元で囁いた。

「あの人間の娘をお前のものとするのだ。……かわいいわらわの子」

ひときわ妖しく天逆毎がそう呟いた瞬間、鞍馬の瞳から光がなくなった。焦点の定まらない瞳で、ぼんやりと遠くを見つめている。

「人間の娘……。凛ちゃん。俺のものに……」

感情のこもっていない声でぼそぼそと鞍馬は声を漏らす。

天逆毎はそんな息子を見て嬉々とした面持ちになると、さらにこう囁く。

「そうだ鞍馬。あの女はお前のものだ。さあ、鬼の若殿から、奪ってくるのだ」

「奪う……。俺が……！　奪うっ」

血走った目で、鞍馬は力強くそう叫んだ。

いつものマイペースで人がよく、飄々とした鞍馬の姿は、すでにそこにはなかった。

代わりに存在したのは、凛へのほのかな好意を執着へと無理やり変換させられてしまった、屈折した愛を持つ男だった。


――私、幸せなんだ。

今日はなぜかなかなか寝つけなかった。掛け布団にくるまった凛は、隣で寝息を立てる伊吹の存在を感じながら、ふと自分の現状に思いを馳せていた。

伯奇の家で血のつながった家族の夢を見せられ、その夢から脱しようとした時、凛ははっきりとこう叫んだ。

『それに、私今は幸せなの！』

あの時は心からそう感じて、そう明言したはずだ。

過去の家族のしがらみなど捨てて、今を伊吹と共に生きたいと願ったのだ。

だが、落ち着いた状態で今一度考えてみると、ちょっと信じられなかった。

家族の呪縛から、自分があっさりと抜け出そうとしたこと。鬼である伊吹のことを、いつの間にか自分が深く慕うようになっていたこと。

――少し前までは、鬼の若殿は私の命を奪うものだと考えていたのに。

そんな自分の現状こそ夢なのではと思う時がある。

凛は伊吹の方に視線を合わせた。いつもは凛が眠るまで起きている伊吹だが、先に眠ってしまった。新月の影響だろう。

伊吹は自分の方に顔を向けて安眠していた。足元にひとつだけ灯った行灯しかない暗さの中でも、絶世の美しさを放っている寝顔だった。

寝姿にすら気品を感じるのは、高貴な鬼の若殿だからこそなせる業なのだろう。

だが、さすがに無防備さを感じえない。自分の隣で安心しきって眠っている伊吹を見た瞬間、なぜか幸福感が込み上げてきた。

──私、本当にこの人の妻なんだ。

きっと伊吹の今の姿は、家族にしか見せないものだろう。だから凛は、深くそう実感したのだ。

──あなたは私に大切なものをくれた。なにも持っていない私に。自分の命すらどうでもよかった私に。

だから、私はせめてあなたの足手まといにならないようにしたい。あなたの隣に立っても、馬鹿にされない存在になれるように。

「……あなたの妻として、認められるようになります」

伊吹の寝顔をじっと見つめて、凛は思わずそう呟いた。

その直後、寝室の外から物音が聞こえてきた。誰かが廊下を歩いている。

──誰？　鞍馬くん？　それとも国茂くんかな？

毎晩夜更かしをしているらしい鞍馬が、寝ずに歩き回っているのだろうか？

そんなふうに不思議に思っていると。

「凛……！」

気配に気づいたらしい伊吹も目を覚ましていた。新月の今夜はおそらく朝まで起きないだろうと眠る前に伊吹は話していたというのに、深刻そうな顔をして凛の名を呼ぶ。

ただ廊下で物音がしただけにしては伊吹が物々しい雰囲気を発していたので、凛は首を傾げる。

「どうしたんですか？」

そう言った瞬間、寝室の襖が開いた。凛は伊吹から目を逸らし、上半身だけ起こしてそちらに視線を合わせる。

入ってきたのは、鞍馬だった。

「鞍馬くん。どうしたの？」

物音の正体が鞍馬だったらしいことを知って凛はホッとした。だが、それも束の間だった。

鞍馬は凛につかつかと近寄ると、敷き布団の上に座っていた凛を押し倒し、そのまま組みしだいた。

「え……。く、鞍馬くん？」

戸惑う凛だが、普段の鞍馬を知っているから恐怖心は芽生えなかった。

なんでこんなことをするのだろう？という純粋な疑問しか、この時点ではなかった。

「凛ちゃん。……俺のものになってよ」

しかし、いつもよりもかなり低いトーンでそう言った鞍馬の瞳は、ギラギラと禍々しく光っていた。ひと目見て、様子がおかしいことがわかる。

――いつもの鞍馬くんじゃない……！　これは、なにかに操られている⁉

すぐにそう察知した凛は、伊吹に助けを求めようと彼の方に首を向けた。しかし……。

「凛……！　くっ……」

苦しそうに呻く彼を、後ろから抱きしめている者がいた。

凛はその顔を知っていた。鞍馬の実の母親である、天狗のあやかしの天逆毎だ。

「普段ならわらわがお前に勝てるはずもないが……。新月の夜は、『最強』の鬼も形無しだなあ。くふふっ」

下卑た笑みを浮かべた天逆毎は、伊吹の頬を舌で妖しく舐める。

伊吹は身動きが取れないようで、唇を噛みしめて呻くことしかできない。

――新月で伊吹さんの力が弱まっているから……！

そもそも鞍馬が凛を押し倒そうとした時点で、普段の伊吹ならそれを防ごうとしてくれるはずだ。

きっと襖が開いた時点か、ひょっとするとその前から天逆毎は寝室に侵入していて、伊吹に術をかけ始めていたのだろう。

「……ねえ、凛ちゃん。俺は凛ちゃんが好きなんだよ」

鞍馬がギラついた目で凛を見下ろす。

「えっ……」

「だから伊吹から奪うよ。俺のものにするために」

驚く凛に、さらに追い打ちをかけるように鞍馬は言った。

──違う。これは鞍馬くんじゃない……！

確かに鞍馬は人間の女の子が好きらしく、凛にも好意的に接してくれていた。だが凛に恋情を抱いているわけではないように感じていた。

〝人間の女の子〟というくくりでの、憧れのような思いだったと凛は認識している。それに例え凛に恋心を抱いていたとしても、鞍馬は兄である伊吹のことを心から慕っているのだ。そんな兄の嫁を略奪するだなんていう背信行為を鞍馬がするはずがない。

「目を覚まして！　鞍馬くん！」

組みしだかれながらも、凛は必死に訴える。

しかし鞍馬にその言葉は届いていないようだった。口を閉じると、そのまま凛へと顔を近づけてきた。

──口づけされる。

凛は身構えたが、今は身動きが取れないので抵抗する術はない。

ゆっくりゆっくり、鞍馬の唇が近づいてきた。

「まあ、気の早いことだねぇ。だけど鞍馬、お楽しみは後にしてちょうだいね？　まずはその女をわらわの屋敷に連れ去るんだよ。その後はあんたの好きにしていいから」

天逆毎の間延びした声が聞こえてきた瞬間、鞍馬はぴたりと動きを止めた。

「凛を好きにはさせんぞ……」

伊吹のかすれた声が聞こえてきた。きっと声を発するのも難しいくらい、天逆毎の術が効いているのだろう。

するとと天逆毎は「ふふふ」と含み笑いをする。

「面倒だねぇ。あんたにはここでおとなしくしておいてもらおうか」

「そんな、こと……っ」

「さあ、お眠り」

天逆毎は無理やり伊吹に視線を合わせると、瞳を煌々と光らせた。

すると伊吹の瞳がどんどん虚ろになっていき、やがて首ががくんとうなだれてしまった。そのまま布団の上に倒れ込んでしまう。

「い、伊吹さん!?」

「睡眠の術をかけてやったよ。今宵の鬼なら、三日三晩は起きないだろうねぇ」

――三日は起きない？　伊吹さんが……？　そんな……！

そして天逆毎の言葉に深く絶望する凛を鞍馬は横抱きにする。凛はもちろん抵抗したが、鞍馬の力は異常に強く、彼の胸の中でもがくことしかできなかった。

「……さあ、行こう凛ちゃん」

鞍馬は静かにそう告げると、狡猾そうな微笑みを浮かべた。

普段の彼なら絶対に見られない狂気に、凛は背筋を凍らせる。

天逆毎は背から漆黒の羽を生やすと、寝室の窓から飛び降りた。それに、凛を抱えた鞍馬が続く。

ふたりとも地には落ちず、新月の暗い夜空の中に浮かび上がる。

バサバサと羽ばたく音が聞こえた。鞍馬もきっと、背に羽を生やして空中を飛んでいるのだろう。

――伊吹さん……！

この後自分の身に迫る危険や、眠らされた伊吹の体の心配など、さまざまな思いが凛の胸中を巡っていた。

だが、現在凛の胸をもっとも支配していた感情は、伊吹の力が脆弱化している今宵に自分がなにもできなかったという無力感だった。

ここは、どれほど伊吹の屋敷から離れた場所なのだろうか。天逆毎と凛を抱えた鞍馬が空を飛んで移動した時間は、おそらく十数分程度だったと思う。そんなに長時間ではなかった。

しかし飛行している間ずっと凛の頬には激しい風が当たり、髪の毛も常に大きくなびいていた。翼を持つ天狗は、きっと人間では信じられないスピードで空を駆けることができるのだろう。

おそらく自力で伊吹の屋敷に戻ることは非常に困難なほど遠い場所なのだろうと凛は推察した。

闇の中たどり着いたのは、鬱蒼と茂った森の中に佇む屋敷だった。瓦屋根も外壁も漆黒で統一されている。

夜の闇よりも暗黒であるその建物は、視界に入っただけで凛をぞくりとさせた。入ったら二度と出ることは叶わないような、そんな禍々しさを醸し出している。

「ここはわらわの隠れ屋敷じゃ。邪魔者はおらぬから安心してお入り、鞍馬」

「………………」

鞍馬はなにも答えなかったが、言われた通り入り口の扉をくぐった。もちろん、凛を抱えたまま。

――やっぱり鞍馬くん、操られている……。

実の母親である天逆毎を、鞍馬は心の底から嫌悪していた。

以前親子が対峙した時に凛は一緒にいたが、鞍馬は『二度と俺の前に顔見せんじゃね－』と啖呵を切っていたほどだ。

そんな鞍馬を意のままに操ってしまうなんて。天逆毎は現天狗頭の妾らしいから、相当高位のあやかしなのだろう。ひょっとすると称号持ちかもしれない。

さらに、今は天狗の妖気が強まるという新月の夜なのだ。鞍馬をいともたやすく操れたのは、きっとそのためだろう。

「ふふふふ……。さあさあ、もう契りの準備はできておるぞ。早くその人間を、お前のものにするのだ」

意のままに動く木偶となった鞍馬を見て心底嬉しそうに笑いながら、天逆毎は屋敷の廊下を進んだ。鞍馬もそれに続いていく。

――契りって、まさか。

今の鞍馬は、自分を伊吹から奪おうとしている。だから契りというのはおそらく、婚礼に関わるもの。そんな悪い予感が、凛の体中を駆け巡る。

「い、嫌っ！」

鞍馬の腕の中でもがきながら叫ぶ。しかし鞍馬は無反応だし、少し前を歩く天逆毎からは鼻歌すら聞こえてきた。

――どうしよう。どうにかして、逃げなきゃ……！

しかし、天狗の人間離れした力から逃れる術など思いつかず、凛は天逆毎が契りの準備をしたという和室へ、やすやすと連れてこられてしまった。

畳の上には、三方にのった神酒が置かれていた。神酒の隣には、真っ黒な盃がふたつ並んでいる。

「天狗の婚姻の契りは、代々伝わるこの神酒を交わすこと。さあ、その盃に入れてふたりとも飲むのじゃ。そうすればその人間も、素直に鞍馬の言うことを聞くようになろうて。身も心も鞍馬のものになる」

「……！」

天逆毎の言葉を聞いて、凛は戦慄した。

――身も心も鞍馬くんのものに……？

その言いぶりから考えると、契りに使う神酒はただの酒ではなさそうだ。きっと飲んだ瞬間、精神を操られてしまうということだろう。今の鞍馬と同じように、自分も。

「嫌っ！　やめてっ。鞍馬くん、目を覚まして！」

抵抗するも、やはり鞍馬は凛を抱きかかえる腕の力をまったく緩めない。凛の声も届いていないようで、いつも好奇心旺盛そうに輝いている瞳は光を失ったままだ。

天逆毎に盃のひとつを手渡され、片手で凛を拘束したまま、鞍馬はそれを素直に口に含んで飲み干してしまった。

「くふふっ。さあ次は、その女の番だよ。鞍馬、お前が飲ませてやるのじゃ」

天逆毎が、もうひとつの盃を鞍馬に渡す。すると鞍馬は、それを凛の口元に持っていった。

「んっ……」

凛は必死に唇を噛みしめて、神酒が口内に入るのを防ぐ。

鞍馬が力ずくで口を開けてこようとしたが、凛が首を振って抵抗すると、盃から酒がすべて零れてしまった。

「面倒な……！　鞍馬、もう口移しで飲ましてやれ！」

「……！」

苛立った天逆毎の言葉に、凛は息を呑む。

そんな方法を取られたら飲むのを防ぐのは難しそうな上に、鞍馬に口づけをされてしまう。

——私が口づけをするのは、夫である伊吹さんだけ……！

「やめて鞍馬くんっ。目を覚ましてよ！　こんなこと、あなただってしたくないはずでしょう!?」

必死に鞍馬に訴えるも、彼は色のない瞳を凛に向け、天逆毎から再度受け取った盃を唇に当て神酒を口に含んだ。そして凛の頭を手のひらで掴み、自分の方へと引き寄せていく。

凛の瞳には、鞍馬の形のよい唇がどんどん迫ってくるのが映った。必死でもがこうとしたが、鞍馬の手のひらでしっかりと後頭部が掴まれているため首を動かすことすら叶わない。

——ああ、もうダメだ……！

どうしようもなくなった凛は、思わず瞳をがっちりと閉じてしまう。

鞍馬くんと同じように、私も操られてしまうの？　伊吹さんを慕う気持ちも失ってしまうの？

そんな恐怖を感じていたが……。

「え……？」

恐れていた口づけの感触がしばらくの間来なかった。

さらに、「ごくり」となにかを飲み干したような音が鞍馬から聞こえて、凛は恐る恐る目を開ける。

「く、鞍馬くん!?」

鞍馬の唇の端から、ひと筋の血が漏れていた。どうやら自分で唇を噛んだらしい。

彼はなにかをこらえるような苦悶の表情を浮かべている。先ほどまでの感情のない面持ちとはまったく違った様子だった。

「凛ちゃ……ん。逃げ、て……」

途切れ途切れに、なにかと必死で戦っているかのように鞍馬が言う。同時に、凛を拘束していた鞍馬の腕の力がスッと抜けた。

「鞍馬くん……！」

凛が鞍馬の腕から抜け出すと、彼はその場でうずくまった。「くっ……」と、小さく呻いている。

——鞍馬くん、操られていたはずなのに……！

きっと鞍馬の強靭な精神が、天逆毎の術に打ち勝ったのだ。

しかし彼女の術はやはり強力なようで、少し気を抜くとまた精神を乗っ取られてしまうのだろう。

苦悶の表情を浮かべている鞍馬は、見えないなにかに対して必死で抗っているように見えた。

「……っ！　なにをやっているのじゃ！」

天逆毎は、思い通りに動かない息子に腹を立てたようで声を荒げる。

そして鞍馬の傍らにいた凛を「どけ！」と払いのけると、彼の髪を鷲掴みにして、無理やり目を合わせる。

「お前はわらわの言うことを聞いていればいいのじゃ！」

天逆毎の瞳が不気味に瞬いた。

そのあまりの妖しさに、あれが心を操る術なのだと凛は直感で悟った。

「う……！」

正気を取り戻したはずの鞍馬の瞳が、どんどん輝きを失っていく。

「鞍馬くん！」

――このままじゃまた鞍馬くんが操られちゃう！　いったい、どうしたら……。

新月の女天狗とは比べ物にならないほど脆弱な凛は、ただ鞍馬の名を叫ぶことしかできなかった。その時だった。

ガッシャーンと、けたたましい音が窓の方から響いてきた。

ハッとした凛が顔を向けると、窓ガラスが粉々に砕け、窓の内側にあったはずの障子も無残に叩き割られている。

「おのれ、なに奴じゃ!?」

天逆毎も驚いたのか、鞍馬に術をかけるのを中断し、身構えながら窓の方を向く。

窓ガラスや障子を破壊したらしき人物は夜の闇の中から颯爽と姿を現した。そして彼は短い呪文のようなものを唱える。

すると彼の手のひらから風の刃が解き放たれて、いまだに驚愕している天逆毎へと命中した。

いない。

「ぐっ……」

低く呻いて、その場に膝をつく天逆毎。効いてはいるようだが、致命傷にはなっていない。

彼は、怒りに満ちた表情でこう言った。

「天逆毎……！　俺の凛と鞍馬になにをしたっ！」

その聞き慣れた美しい声がこの場に響いたことを、凛は一瞬信じられなかった。

——だってあなたは、天逆毎に睡眠の術をかけられて三日三晩は起きないはずじゃ……。

だがそこにいるのは紛れもなく、凛の夫で鬼の若殿である伊吹だった。

「伊吹さん……！　ご無事だったんですか⁉」

「凛！　大丈夫か！」

伊吹が駆け寄ってきて、凛を抱きしめる。

彼の匂いと温もりを濃厚に感じられるような力強い抱擁だった。

——本当に伊吹さんだ。助けに来てくれたんだ……！

恐怖から一気に解き放たれた凛は、涙ぐみながら伊吹の胸に顔を埋める。

「おいおい、感動の再会は後にしてくれないかな？　まだ敵はピンピンしてるんだからさあ」

割れた窓の方から、さらに男性の声が聞こえてきた。

――そ、そうだった。

まだ敵の陣地の中なのだと気づいた凛は伊吹の胸の中から離れる。しかし、その声の主を見るなり、またまた驚かされる。

「つ、椿さん？　どうしてここに……」

そう、伊吹と共にやってきたらしい男は、牛鬼である椿だった。凛の正体をおそらく人間だと感づいている上に、凛になんらかの目的があるらしい、要注意人物。

――伊吹さんは、椿さんと仲がいいとは言い難い感じだったけれど……。なぜそんなふたりが一緒にいるの？　私を助けに来てくれたの？

そんな疑問を凛が抱いていると、椿が凛の方を向いてニコリと感情の読めない笑みを浮かべた。

「天狗の内情が騒がしいことは、とある情報筋から知っていたんだよ。なにか起きるのなら、天狗の力が強まる新月だって踏んでいたんだ」

そう話し始めた椿の説明は、こんな内容だった。

本日なにかが起きるだろうと予想していた椿は、妖気の動きを敏感に察知していた。天逆毎が伊吹の屋敷に向かう気配を感じて興味本位で様子を見に行ったら、すでに凛はさらわれ、伊吹は眠りの術をかけられていたのだ。

それで椿は伊吹の眠りの術を解き、あらかじめ突き止めていた天逆毎の隠れ屋敷に伊吹と共に向かったのだという。

「なぜ私たちを助けてくれるのです……？」

「言っただろう？　俺は君に多大な興味があるんだよ。陰湿な天狗のことだから、君を利用して後で殺すつもりだろうと思ってね。その前に助けなくってはね」

「は、はあ……」

結局、なぜ椿がこうまでして自分たちに手を貸してくれるのかは凛にはよくわからなかった。

しかし、椿が伊吹の眠りを解除してここに来てくれなければ、すべては天逆毎の思うままだったはずだ。

「あ、ありがとうございます。椿さん」

素直に凛がお礼を言うと、椿は目を細めて微笑み、顔を覗き込んできた。

「お礼なら、君の体で払ってほしいなあ。俺のところに来てよ。ひと晩お試しでもいいからさあ」

「えっ……」

まさかの要求に凛がたじたじになっていると、伊吹が怒りに満ちた表情を浮かべながら凛をかばうように立ちふさがる。

「あまり調子に乗るなよ椿……」

「はは、冗談だよ冗談。まったく、これだから鬼って奴は。……おっと、そんな話をしている場合じゃなかった。外に天逆毎の手下の雑魚どもが集まってきている。俺はそいつらを蹴散らしてきてあげるよ。だからそのおばさんの相手は伊吹に頼むよ」

「無論だ」

淡々と返答する伊吹だったが、椿は機嫌よさそうに微笑んで窓から外の方へと華麗に飛び降りた。

本人が言っていた通り、外に集結しているらしい天逆毎の手下たちの相手をしてくれるのだろう。

――本当になにがしたいのか、読めない人。でも、椿さんのおかげで助かったのは事実だ。ううん、椿さんだけじゃない。伊吹さんと鞍馬くん、みんなが助けてくれなければ、きっと今頃私は天逆毎の企むままになっていた。

凛は座り込んでいる鞍馬の方へと駆け寄った。そこにはすでに伊吹が鞍馬の傍らに佇んでいた。

「自力で天逆毎の術を解いたか……。成長したな、鞍馬」

鞍馬の様子を見ただけで、彼がいったいどんな状態なのかを伊吹は見抜いたらしい。感心したように言った。

「そうなんです伊吹さん！　鞍馬くんは自分で術を解いて、私に『逃げろ』って……！　ありがとう、鞍馬くん」

するとと俯いていた鞍馬は、おぼつかない動作で顔を上げると力なく微笑んだ。

「へへ……。まあ、操られて凛ちゃんをさらう手伝いをしたのは俺なわけだし。ほんとごめんね、凛ちゃん。あー、でももう少しで凛ちゃんにキスできたんだよなあ。どさくさに紛れてそんくらいしときゃーよかったかも……なんてね」

かすれた声でいつものような軽口を叩く。

まだ体はうまく動かせないようだが、その様子に凛は幾分か安堵した。もういつもの鞍馬だ。

しかし伊吹は眉をひそめて、鞍馬に低い声で言う。

「……もし凛にそんなことをしていたら、天逆毎と一緒に始末するところだったぞ。命拾いしたな」

「へいへい。本当に凛ちゃんのことになると冗談通じねぇな、伊吹は。……悪いけど俺は術の毒がまだ残ってて、しばらくは体が動かせねー。つーわけで、とっととあのババアを倒してきてよ、若殿さま」

「ああ、もちろんだよ」

鞍馬にそう答えると、伊吹は立ち上がり天逆毎の方を向いた。

「お前がわらわの相手をするだって？　うふふふ、笑かすのう！」

先ほど伊吹に食らった一撃のダメージは、すでにほぼ回復したらしい。天逆毎は薄ら笑いを浮かべて立っていた。

「先刻はあっさりわらわの術にやられたお前が、どの口で言うのじゃ？　今宵は新月、わらわの力がもっとも強大になる日よ！　対するお前は、その力がもっとも脆弱になる日。今宵以外ならば、わらわはお前には到底敵わないが……。今だけは、お前はどうあがいてもわらわに勝つことなど叶わぬはずじゃ！　ははははは！」

意気揚々と言い放つ天逆毎。

「凛、下がっていてくれ。鞍馬のそばにいるんだ。今のあいつにも、君を守るくらいの力はあるから」

「い、伊吹さん……」

凛が不安げに声を漏らすと伊吹は穏やかに微笑み、彼女の頭を撫でた。

「なに、心配ない。俺を誰だと思っている？　俺は『最強』なんだぞ」

「はい……」

伊吹に言われて、凛は素直に従う。

鞍馬はいまだに座り込んでいたが、先ほどよりも瞳に明るさが宿っている。徐々に天逆毎の術が体内から抜けているのだろう。

そして、天逆毎と伊吹との戦いが始まった。

天逆毎は翼を大きく広げ、伊吹の周りを飛び回りながら小太刀で切りかかっていく。伊吹はそれをかわしながら隙を見て手のひらから炎の矢や風の太刀を放ち、天逆毎に攻撃していた。

そんな攻防がしばし繰り広げられる。凛の目には互角――いや、伊吹の方が押しているように見えた。

伊吹が天逆毎から受けた攻撃はかすり傷程度だったが、天逆毎の方は膝や腕に決して小さくはない火傷(やけど)や青あざが無数に見られる。

「……くっ。おのれ！」

天逆毎は苛立った様子で伊吹に小太刀を振り下ろす。だがそれを伊吹は余裕の動作でかわすと、天逆毎に風の太刀の一撃を入れた。

腹部に見事に入り、天逆毎は吹っ飛ばされる。部屋の壁に背中から激突したところで、ようやく止まった。

「……さすがだね、伊吹は。最小限の力で、ババアをいなしてる。さっきだって、眠っている時の不意打ちじゃなければ伊吹はやすやすとやられなかったと思うよ」

凛の傍らの鞍馬が感心する。

――あれで最小限の力なんだ。

炎の矢も風の太刀も、凛にとっては強力な術に見えた。もしこれが新月の夜以外の時だったら、どれほど強大な妖術になるのだろう。

「これなら、伊吹さんが天逆毎をやっつけられるよね？」

今の戦いぶりから考えると、伊吹が天逆毎に敗北を喫する可能性は低いように思えた。凛は期待を込めて尋ねるが。

「だと……いいんだけど」

鞍馬が浮かない顔をする。ほとんど勝利を確信していた凛に一抹の不安が生まれた。

「え……？」

「天逆毎は、まだ奥の手を使ってない。さすがにあれを使われたら、伊吹は……」

「あれって……？」

凛が鞍馬に聞き返した、その時だった。

「……ふ。今宵でもそれほどの力か。さすがは鬼の若殿、そして『最強』のあやかしじゃのう」

伊吹に吹っ飛ばされて倒れ伏していた天逆毎が、立ち上がりながら言う。今まで劣勢だったのにもかかわらず、随分余裕のある口調だった。伊吹もなにかを察したのか、身構えている。

「お前のことは適当にのしておいて、鞍馬を今一度操り連れ帰る算段だった。鬼の若殿を始末したとなると、面倒な敵が増えるからのう。だが計画変更じゃ。お前はここで死んでもらおう。なにせ、あれは加減ができんからのう。一度使うと一週間は体がまともに動かせぬから、できれば使いたくなかったが……。お前が下手に強いせいで使うことになってしまったわ！」

薄気味悪く微笑みながら天逆毎が声を張り上げると、鞍馬が青ざめた。

「やっぱり……！　このままじゃあのババア、あれを使ってくると思ったんだ！」

「あ、あれってなんなの？」

「天狗一族に古来から伝わる術、『天狗礫(つぶて)』だよ」

「天狗礫？」

聞き慣れない単語だったので凛が尋ねると、鞍馬が説明してくれた。

天狗礫とは、天狗の中でも高位の者にしか使えない奥義のことだ。天狗の住処である『愛宕山(あたごやま)』『秋葉山(あきはさん)』といった山中にあるすべての石や岩を自分の元へと移動させて空から降らせるという、仕組みは単純だが威力は絶大な妖術だ。

際限なく降り注ぐ石や岩の雨に、受けた方はひとたまりもない。骨すら残らず無残に朽ち果てると伝承されている。

「俺は天狗の血を引いているから石や岩が降ってきても当たらないし、凛ちゃんを守ることくらいはできると思うけど。新月の日の伊吹はさすがに……」

「そんな……！」

鞍馬の言葉に凛は戦慄してしまう。

石や岩が際限なく降ってくる？　そんなの本当に防ぎようがないではないか。

天逆毎は、その場で呪文を唱え始めていた。伊吹が炎の矢を放つも、天逆毎の体に当たる前に弾かれてしまう。

よく見ると、天逆毎の体は薄い障壁のようなもので囲まれていた。

「天狗礫の術の詠唱を始めると、それが終わるまで術者の体を守る結界ができるんだ。もう術が発動するのを止めることはできない」

鞍馬の言葉に、凛はさらに絶望させられた。

「くっ……」

伊吹も天逆毎の思惑に気づいているのだろう。なすすべなく、歯がゆそうに呻いている。

「どうしたらいいの？　もう、どうしようもないの……？」

凛は呆然と立ち尽くしながら、うわごとのような声を漏らした。

誰かから答えが返ってくるとは思っていなかった。鞍馬の説明の通りだとすると、正真正銘、万策尽きている。

——私にはなにもできないの？　私を助けに来てくれた伊吹さんが死ぬのをただ見

ているとしかできないの？

あまりに無力な自分。なにも持っておらず死すら厭わなかった自分に愛をくれた伊吹が絶体絶命だというのに、ただ指をくわえて傍観することしかできないというのか。

「……ひとつだけ可能性があるよ」

「え？」

俯いていた凛に、鞍馬が静かに声をかけた。

凛は思わず顔を上げると、鞍馬は神妙な面持ちをしていた。

「凛ちゃんの血を……夜血を伊吹に吸わせるんだ」

「私の血を……？」

それは凛にとって、とても意外な提案だった。

——私の血を伊吹さんが吸うことが、どうして今必要なのだろうか？

自分は鬼にとって極上の味になるという伝説のある、夜血の持ち主。それが元で伊吹のところへやってきた。血を献上する生贄花嫁として。

だが伊吹は『大事な花嫁の血を吸うなど、あり得ないだろう？』と出会った日に凛に告げた。もちろんその後も、いっさい血を吸おうとする素振りは見せていない。

夜血は凛と伊吹を結びつけるきっかけとはなったが、現在のふたりにとっては特に必要な存在というわけではない。

そもそもは夜血は鬼にとってただ美味なだけの液体のはず。なぜ今役に立つのだろうか？

「凛ちゃんの持つ夜血は、鬼にとってただおいしいだけじゃないんだよ」

「え……？」

「とてつもない栄養価があるんだ。一滴飲むだけで、弱っていた力が完全回復してしまうほどの」

夜血の予想外の効能に、凛は驚愕した。

「そ、そうなの⁉」

「うん。それどころか眠っている潜在能力を最大限に引き出してしまうって聞いたことがある」

鞍馬の言葉に驚かされる凛。

——それが真実だとしたら、新月の伊吹さんでも天逆毎に勝つことができるかも！　早く吸ってもらわないと！

「伊吹さん！」

天逆毎と対峙する伊吹の方へと凛は駆け寄る。

伊吹は天逆毎を注視しながらこう言った。

「凛！　危ないから近寄ってきては——」

「私の血を吸ってください！」

時は一刻を争う。凜は伊吹の言葉にかぶせるように叫んだ。

呪文を唱え続ける天逆毎からは、あやかしのことなどよく知らない凜でも背筋が凍るほどの禍々しさが放出されていた。

伊吹はハッとしたような顔をした後、凜を神妙な面持ちで見つめる。

「俺は君の血を吸うために嫁にしたわけじゃない」

鞍馬が気づいたのだ。伊吹もきっと、とっくに考えついていただろう。凜の血――夜血を吸えば、天逆毎を倒すことが可能かもしれないと。

しかし伊吹は出会った当初から、凜の血を吸うことはないと強く主張し続けている。

それはきっと、伊吹の愛情表現なのだろうと凜は思う。

夜血を味わうために凜を娶ったのではない、愛するために迎えに来たのだという、彼の深い愛なのだと。

こんな絶体絶命の状況の中でも、窮地を脱却できる唯一の方法だとしても、簡単によしとはできないほどの底知れない愛情なのだ。しかし……。

「いいえ、吸ってください。私は伊吹さんに吸ってほしいんです。伊吹さんにならいいんです！」

凜は強い口調で言った。伊吹に対してここまで強く自分の思いを主張したのは初めてかもしれない。いや、つい最近まで自分の命の行方すらなげうっていた凛にとってはこれが生まれて初めての、誰かに向けた強い訴えだった。

伊吹は驚愕したような目で凛を見ていた。

「凛……」

「お願いします。私はまだ、あなたと一緒にいたい。あなたと一緒に生きたい。だから……！」

「ああ、そうだった。凛を大切に思うばかり、血を吸わないことにこだわりすぎていた。だが一番大事なのは、ふたりでこれからも生きることだったな」

伊吹は優美に微笑む。そしてガラス細工でも触るかのように凛を優しく抱き寄せ、耳元でこう囁く。

「少し痛いかもしれない。すまない」

「はい」

緊張して拳をぎゅっと握りしめる凛。すると首筋に伊吹の唇が当たった。

今まで決して他人からは触れられたことのない場所への優しい感触に、くすぐったいような気持ちのいいようなおかしな感覚を覚えてしまう。そして、その直後。

「んっ……」

凛は思わず小さく声を上げた。

伊吹が凛の首筋を噛み、自分の血を吸っている。血管に届くまで伊吹の歯が皮膚をえぐっているのだから、もちろん痛みはあった。

だがそれだけではなかった。痛みに伴って感じたのは、背筋がぞくぞくするほどの、快感。

伊吹の体の一部が、自分ですら触れることが叶わない深い場所に侵入している。

そして、自分の体の一部が伊吹の体内へと今まさに溶け込んでいるのだった。

間違いなく今、伊吹と凛はひとつになっていた。

「あ……あ……」

それはか細い嬌声を発してしまうほどの、圧倒的な快楽だった。頭が痺れるくらいの絶頂のような幸福感が凛の全身を支配する。

そして、しばしの悦楽の時が過ぎた後。

「……これは思った以上にすごいな。すまない凛、ちょっと今の俺は君にとって怖いかもしれない」

凛の首から口を離した伊吹が感心したように呟いた。血を吸われた反動で脱力してしまった凛を伊吹は優しく座らせる。

伊吹の方を見上げた凛は息を呑んだ。

「伊吹、さん……？」

赤みがかっていた黒髪は、煉獄のように燃え盛る紅蓮の色に。

頭部の中心には、尖鋭な角が天に向かって伸びている。また形のいい唇からは、鋭い牙がはみ出ていた。

普段の角も牙もない伊吹の外見は、人間と区別がつかない。だが夜血を吸って力を増強させ、真のあやかしの姿になったのだ。本来の、厳かで神秘的な鬼の姿へと。

だけど不思議と凛の中に、畏怖の念はまったく生まれなかった。牙や角の生えた鬼など、人間には古来から恐怖の対象として刷り込まれているというのに。

むしろ、燃え盛る炎のような髪も、鋭く光沢のある角も、牙も。なぜか美しいとしか思えなかったのだ。

「……凛。くっついていろ」

「は、はい！」

力が抜けて座り込んでいた凛だったが、立つ気力くらいは戻っていた。言われた通りに伊吹の懐に飛び込むと、彼は凛を片手で抱きかかえる。

「なにやらごちゃごちゃやっていたようだのう！　はは、だが遅いわ！　天狗礫の術は完成したっ」

天逆毎が勝ち誇ったように言った。そして両手を天空に向かって突き上げると、建物の天井が空中へと霧散した。

代わりに現れたのは、数多の岩と石。凛よりも大きい、巨大な岩石すら頭上にいくつも浮かんでいる。

――これが全部降り注ぐっていうの!?

凛は青ざめる。さすがにこれだけの岩や石が落ちてきたら、いくら力を増大させた伊吹でも勝ち目はないのではないか。そんな懸念が生まれてしまった。

だが伊吹は、凛を抱えながらはっきりとこう言った。

「大丈夫だ。君から……愛する凛から夜血をもらった俺が負けるはずなどないだろう?」

その言葉に、凛の中にあった怯懦（きょうだ）な心が一瞬で吹き飛んでしまう。

――そうだ。伊吹さんは私の血を飲んでくれた。鬼にとって、もっともおいしくて、力を最大限に引き出してくれる夜血を！

凛が強くそう思った瞬間。

「爆（は）ぜろ」

天逆毎が低くねっとりした声でそう呟いた。すると、頭上に浮かんでいた巨大な岩石や数多の石たちが伊吹に向かって一気に降り注いでいく。

「くふふ！　これを食らえば、いくら鬼とて骨の一片すら残らず潰れるはずじゃ！」

勝ち誇ったような天逆毎の声が場に響く。

しかし伊吹と凛には、岩石も石もいっさい当たっていなかった。

ふたりの周囲には赤い結界のようなものが張られており、ふたりに当たる前に岩も石も弾かれてしまっていた。

隙間なく岩や石が降り注いでいるから、天逆毎にはこちらの様子が見えていないらしい。

時折、「もう死んでしまったかのう」「髪の毛一本くらいは残っていてくれよ？　勝利の証に欲しいからのう」などという下卑た声が聞こえてくる。

――すごい！　まさか完璧に攻撃を防げてしまうなんて。

伊吹に抱えられながらも、あまりの完璧な防御に凛は驚愕する。すると伊吹もこう呟いた。

「すごいな……。これが夜血の力か。それがなければ、こんなに頑丈な結界は張れず、俺は岩石に潰されていただろう」

結界を作ったはずの伊吹ですら驚いている様子だった。

それから数十分ほどは岩石が降り注いでいただろうか。確かにこの攻撃を食らって生きている者など皆無だろう。

ただし、夜血を摂取した鬼を除いては。

「な……に!?」

すべての岩石が地上に降った後、砂埃の中から現れた無傷の伊吹と凛を見て、天逆毎はかすれた声を漏らした。

信じがたいという面持ち。眼前の光景が嘘であってほしいとすら思っているような、愕然とした表情だった。

「俺の大切な弟……そして愛する嫁に手を出したな。天逆毎！　許してはおかんぞ……！」

底知れない怒気をはらませた声で伊吹は言う。耳元でその声を聞いた凛の鼓膜がびりびりと震えた。

その圧を直接食らった天逆毎は眉尻を下げ、情けない表情になり後ずさる。数瞬前までの勝ち誇っていた様子が嘘のようだった。

そしてそんな天逆毎に向かって伊吹は手をかざし、唱えた。

「焦熱（しょうねつ）」

短いその呪文の後、伊吹の手のひらからは赤黒い業火が放たれた。天逆毎は声を発する間もなく、その炎に身を焼かれていく。

そして、すべてが焼き尽くされた後に現れたのは。

「烏（からす）……？」

天逆毎がいたはずの場所には、一羽の烏がいた。ぴょんぴょんと何歩かその場で跳ねた後、翼を羽ばたかせて空へと飛ぶ。そしてまるで逃げるかのように、いずこかへ姿をくらませてしまった。

「あれは……」

「ああ、天逆毎だ。俺の炎は、命を取るものではなくあやかしの力を奪う。妖力をほとんど失った天逆毎は、本来の鳥の姿に戻ってしまったんだよ」

凛の疑問を察したらしく、伊吹がそう説明した。

――そうだったんだ。よかった……。

凛は心の底から安堵した。あんなあやかしでも、命まで奪うのはさすがに心苦しい。それに例えふたりで生き残るためとはいえ、伊吹に殺生などしてほしくなかった。

「凛……！」

ホッとしている凛を、伊吹がきつく抱きしめた。そして凛の肌を味わうかのように頬をすり寄せてくる。

――ああ、私たち生きてるんだ。伊吹さんとまだ一緒にいられるんだ。

伊吹の肌を体温を感じ、そんな幸福な現実を噛みしめる凛だが。

「伊吹さん……。牙があたってちょっと痛いです」

伊吹が頬をすり寄せるたびに、とがった牙の先端が頬に当たるのだ。

黙ってやり過ごそうかとも思ったけれど、なかなか終わりそうもなかったのでしぶしぶ指摘することにした。

「え!?　あ、すまない！」

慌てた様子で伊吹が頬を凛から離す。そしてハッとした顔をした後、恐る恐るといった様子でこう言った。

「……俺が怖くないのか」

「え？」

「人間は鬼が恐怖の対象だろう？　今までの俺は人間のような姿かたちだったが、今は……」

確かに、紅蓮の頭髪、生えた角と牙。それらによって、伊吹はいつもとまったく容貌が違う。

内面を知らない状態で今の彼を見たら、凛は間違いなく畏怖の念を抱いただろう。だけど今は知っている。

「怖いわけないじゃないですか」

微笑んで言った凛を、伊吹は驚いたように見る。

「本当か……？」

「ええ、当たり前です。私は鬼の若殿の花嫁なのですから」

「凛……！」

伊吹はひときわ強く凛を抱きしめた。牙は当たらないように考慮してくれたようだ。例え外見が鬼だったとしても、彼からにじみ出る温かさ、優しさ、愛は、普段となんら変わらない。

凛は改めて実感した。

――私は鬼の若殿に嫁入りしたのだ。この愛情深く、誰よりも優しく『最強』であるあやかしに。

「伊吹ー！　凛ちゃん！　無事ー？」

ふたりの方へと鞍馬が駆け寄ってきた。

天狗の血を引いている彼は、本人も言っていた通り天逆毎の攻撃を食らわずに済んだようで怪我は見られない。食らっていた傀儡の術もだいぶ抜けたらしく、いつもの溌剌（はつらつ）さが見受けられる。

「鞍馬くん！　私たちは大丈夫です！」

凛は鞍馬に向かって手を振りながら元気よく言った。その様子を見て、鞍馬は安心したように微笑んだ。

「帰ろうか、凛。俺たちの家に」

凛の頭を撫でながら、伊吹がゆっくりと言葉を紡ぐ。凛の髪の毛の感触を確かめているような手つきだった。

「はい……！」

思わず凛は涙ぐんでしまった。

頭に感じた優しい伊吹の手のひらの温もり。それは、自分が彼に必要とされているのだと実感するに十分すぎるほどの温かさだった。

第七章　魂の伴侶

天逆毎との死闘から、数日後のこと。

「凛ちゃん。いいんだよ君は、宴会場でのんびりしてくれていれば」

凛が炊飯場へ行くと、国茂が驚いたような顔をした。

しかし、調理台の上にのっているできあがった料理や皿の山を前にして、はいそうですかと立ち去れるような凛ではなかった。

「国茂くん、いいの。私はお酒は苦手だし。のんびり座っていると逆にそわそわしちゃって」

凛は笑ってそう答える。

本日は伊吹の屋敷で、宴会が行われていた。あやかしの国にやってきた凛を歓迎するために催された会だった。

本当はもっと早く開催される予定だったらしいが、凛が屋敷を脱走したり天逆毎の襲撃などがあったりしたせいで今まで延期されていた。

宴会とはいったものの、参加者は屋敷に住むいつものメンバーと、御朱印を押してくれた紅葉と伯奇のみという少数精鋭だ。

『大人数で集まるよりも、気の知れた仲間のみで騒いだ方が楽しいだろう？』

伊吹はそう話していたが、あやかしの国に来て間もない凛のために見知ったあやかしのみにしてくれた彼の気遣いなんだろうと、凛は承知している。

「そう？　まあ、そういうことなら僕は助かるけどね。じゃあそっちのお膳を持っていってくれる？」

国茂は淡々とした声音で告げた。

下仕えという立場の国茂だが、伊吹とは旧知の仲であり、あまり上下関係を感じさせない振る舞いをする。

凛にとっても、今のようにへりくだらない国茂の調子はとてもありがたかった。あまり敬われるのは得意ではない。

だがもちろん、下仕えとしての仕事はきっちりとこなしてくれる。

「うん、ありがとう」

頼まれた通り、凛はお膳を持った。酒瓶がたくさんのっているので、ずしりと腕にきた。

──あやかしのみんな、お酒が大好きみたい。飲みすぎないといいけど……。

宴会場の様子を思い出す凛。まるで水のように、みんな酒を次々と飲み干していた。

あやかしは皆、酒豪なのだろうか。なんてことを思いながら、宴会場にお膳を持っていくと。

「ちょっとぉ、伊吹ぃ！　ちゃんと凛を大切にしてるのぉ？　優しくしなきゃ、私が許さないからねぇ!?」

顔を真っ赤にしながら、紅葉が伊吹の肩に腕を回してすごんでいた。文字通りの絡み酒だった。

——紅葉さん、さっきからちょっと妖しい感じだったけど……。私が席を外している間にできあがっちゃったみたい。

いつも隙なく着こなしている着物の裾や胸元が乱れていた。美しい紅葉の酔った姿は、それはそれで魅惑的だ。

「もちろんだ、紅葉。俺は凛を愛しているからな。今までもこれからも、なによりも大切にしていく」

おちょこを持ちながら、伊吹がはっきりとした声で断言した。伊吹も結構な量の飲酒をしているはずだが、顔色はまったく変わっていない。どうやら彼はざるらしい。

——い、伊吹さんたら。

皆の前で殺し文句を言われて、凛は顔が上気していくのを感じた。

伊吹の嫁となることを心に決めた凛だったが、まだ夫婦らしいことはしていない上に、そもそも恋愛経験が皆無なので、まだ恋愛ごとに耐性はない。

「み、皆さんお酒を持ってきましたよ」

自分のことが話題に上がっていたので、なんとなく控えめに凛は声を上げた。

「凛ちゃ～ん！　どこ行ったのかと思ってたよぉ」

できあがっているあやかしがもうひとりいた。鞍馬だった。

「わっ!?」

凛が御膳を床に置くなり、鞍馬が後ろから抱きしめるように飛びついてきた。酒の濃い匂いが香ってくる。

生まれてこの方、飲酒をする機会がほとんどなかった凛は、それだけで酔ってしまいそうだった。

「あー、やっぱり凛ちゃんかわいいなあ～。柔らかーい」

「え、え」

戸惑う凛には構わず、相変わらず凛を抱きしめながら鞍馬は言う。

同年代かつ、いつも人懐っこく接してくれる鞍馬のことは、友人同士のような感覚で凛は接している。

しかし、さすがに密着されて『かわいい』だなんて耳元で囁かれてしまうと、心臓が落ち着かなくなった。

「やっぱ天逆毎に操られてた時、キスくらいしとくんだったな～」

「く、鞍馬くん」

「なんなら、今からでもしとく?」

鞍馬は意地悪く笑った。本当に口づけをしてきそうな気配を感じて、凛は固まってしまったが。

「やっぱりあの時、天逆毎と一緒にお前も始末しておけばよかったなあ？」

伊吹が鞍馬の首根っこを掴み、強引に凛から引き離す。

伊吹は笑みこそ浮かべていたが、目は全然笑っていなかった。それがかえって放っている殺気を際立たせている。

「なんだよー、伊吹」

だが鞍馬は酔って気が大きくなっているらしく、まったく怯まずに頬を膨らませる。

「まったくお前は……！　酒の席だから、大目に見てやろうと思っていたのに。ちょっと度が過ぎるぞ！」

「いいじゃんかー、キスの一回くらい。減るもんじゃないし」

「……お前の寿命をゼロに減らしてやろうか？」

氷点下の声で伊吹が脅すと、さすがに鞍馬は身の危険を感じたようだった。「ひっ」と声を漏らして首をすくませる。

するとようやく、伊吹は鞍馬を掴んでいた手を離した。鞍馬は苦笑を浮かべながら、おとなしく自分の席へとつく。

「まったく油断も隙もない。凛、体は穢(けが)れていないか!?」

「大げさですよ伊吹さん」

「大げさなもんか。俺は指一本、誰にも凛には触れさせたくないんだからな！」

「は、はあ……」

伊吹の強い口調に凛は気圧（けお）される。

彼の熱烈な愛情表現はもちろん嬉しいけれど、やはり慣れないし、なんて返したらいいのかわからなかった。

「いやー、思った以上に若殿は新妻にご心酔だねぇ」

紅葉が持ってきてくれた羊羹（ようかん）を、伯奇はのんびりと味わっていた。彼は酒は一滴も飲まず、料理をマイペースな様子で楽しんでいる。

『酒が入るとすぐ寝ちゃう体質だからねぇ』と、先ほど笑っていた。

夢を食べる獏のあやかしである彼は、行動が眠りに直結しやすいのかもしれない。

「それはそうだろう。まだ俺たちは新婚なのだからな」

当然のように伊吹はそう返答する。だがやはり凛は、なにも言葉が出ずにもじもじしてしまった。

「ははは、いいねぇ幸せそうで。……だけど君たちふたりに忠告だ」

いつものように鷹揚な様子の伯奇だったけれど、声に真剣さが混じる。

「忠告？」

伊吹も神妙な声で聞き返す。

「僕の見る夢は、予知につながる内容になることがあってね。夢占い、とでも言うのかな。今日、たまたま君らふたりに関係する予知夢らしき夢を見たんだよ。その内容がね」

「予知夢……。まさか、災いの予兆でも？」

伊吹は顔を強張らせる。

人間界での占いは、科学的な根拠がないからか趣味や娯楽のひとつと捉えられている。その結果を深く信じる人、眉唾物だと笑い飛ばす人など、反応はさまざまだ。しかし、人間にはない力を持つあやかしによる占いは、きっと信憑性の高いものなのだろう。

伯奇は首を横に振りながら、こう告げた。

「まあ、災いともとれなくはないけど……。単純に災いとは断言できないね」

「どういうことだ？」

「君たちの行く末はね。相当な困難を乗り越えたのちに幸せがある。そんな内容だったんだよ」

「相当な困難……」

思わず凛は呟く。

これまでも椿にはあっさり正体を見破られそうになったり、天逆毎の襲撃に危うく命を失いそうになったりと、凛にとっては困難が続いていた。

今後、これ以上の険しい試練が待ち受けているということだろうか。

「予知夢はふんわりとしたものだから、困難の具体的な内容まではわからなくて。とはいっても僕の占いは当たるからね。今幸せなふたりに水を差すようなことをして申し訳ないんだけど、一応伝えておかないとと思ってさ」

「……そうか。ありがとう」

伯奇の言葉に、伊吹は考え込むような顔をしながら礼を述べた。彼も今後のことを案じているのだろうか。

――天逆毎のこと以上の困難がもし今後あったとしたら。私にそれを乗り越えられるのかな。

不安になった凛は、伊吹を見つめた。伊吹はそんな凛を見つめ返して、なにかを伝えようとしたのか口を開く。

だが伊吹から言葉が発される前に、「伊吹ぃ！　なにをしてんのよっ！　まだまだ飲むわよっ！」という紅葉の甲高い声が響いてきた。

従姉に呼ばれてしまっては仕方がない。伊吹は苦笑を浮かべると「はいはい、まったく紅葉は。仕方ないな」と呟き、酒瓶を抱えている紅葉の隣に座った。

その後は伊吹も凛も酒の入った紅葉や鞍馬に絡まれてしまい、しばらくの間落ち着いて話すことができなかった。

結局、紅葉と鞍馬は酔いつぶれ、宴会場の畳の上に倒れ込んでしまった。

凛は心配になったが、『あのふたりは酒が入るといつもああだから』と伊吹が笑って言っていたので深く気にしないようにした。

気を利かせた国茂が薄手の毛布をかけると、ふたりとも心地よさそうな寝顔を見せた。

素面の伯奇はふたりが潰れたのを見て、『そろそろお暇するよ。なにかあれば力を貸すからね』と告げて帰っていった。

そして凛と伊吹は宴会場外の縁側に並んで座り、夜風に当たっていた。

澄み切った夜空を支配する星々と、三日月が眩しい。

新月の夜の伊吹は、凛より先に眠ってしまったりと、いつもより少しだけ無防備だったが、やはりそれはその時だけだった。

夜が明けた後からは、雄々しい鬼の若殿としてまったく隙がないように見えた。

そして先ほど『凛をなによりも大切にしていく』と紅葉に宣言していたが、それはすでに実践されていた。

常に伊吹は凛を優しく見守り、温かさをくれ、真綿で包み込むように深い愛情を与えていた。

その深遠さには、凛が少し困惑を覚えるほどだった。

「楽しい宴会でしたね」

「ああ、そうだな」

空の闇を眺めながら、そんな会話をする。

その後はしばらくの間、ふたりともなにも言葉は発さなかった。

しかし流れてくる沈黙は、決して気まずいものではなかった。時折吹く涼しい夜風の音がなんとも心地よい。

凛は黙ったまま、ふたりの間に流れる和やかな空気を噛みしめていた。

「凛」

名を呼ばれたので、伊吹の方を見てみる。彼はなぜか少し申し訳なさそうな顔をしていた。

「どうしました？」

「いや、なかなか言い出しづらく今まで引き延ばしていたのだが……。やむを得なかったとはいえ、血を吸ってすまなかったな。怖かっただろう？」

とても恐る恐る切り出してきたからなにかと思えばそんなことかと凛は小さく笑う。

「いえ、怖いだなんていっさい感じませんでしたよ」

「本当か？」

やや不安げに尋ねてくる伊吹に、凛は微笑みを向けて答える。

「はい。怖いどころかむしろ私は嬉しい気持ちになりました」

「嬉しい……？」

「きっと私の存在が役に立てたからだと思います」

天逆毎が襲来して伊吹が襲われた時も、操られた鞍馬によって無理やり婚姻の契りをかわされそうになった時も、自分はなにもできなかった。

伊吹の眠りの術を解いてくれた椿や自ら傀儡の術を打ち破った鞍馬が、無力な自分の代わりに状況を打破してくれたのだ。

天逆毎の奥義である天狗礫に伊吹の力が及ばないとわかった時も、ただ指をくわえて見ているだけだった。

だから嬉しかった。自分の体内を流れる夜血が、自分の存在が伊吹の役に立てて。

ずっと忌まわしかった夜血。こんな血の持ち主でなければ、と何度憎んだことか。

だがあの時、心から凛は思った。自分が夜血の乙女でよかった、と。

「それに血を吸われた時、伊吹さんとひとつになれた気がしたんです」

凛は伊吹をじっと見つめる。赤みがかった彼の黒髪は、夜風によってわずかに揺れていた。

「私の血が伊吹さんの中に入っていって。伊吹さんの一部になれたような、一緒になれたような……あ、なんだかうまく表現できないです、すみませ――」

「凛」

不意に伊吹が凛を抱きしめてきた。突然のことに凛は言葉を止める。

伊吹が結構な力を込めて抱くので、少し胸が苦しい。だが苦痛はなく、心地よい痛みだった。

しばらく伊吹は言葉を発さずそうしていた。凛も無言でそれを受け入れる。伊吹の体温と鼓動がひしひしと伝わってきて、凛は瞳を閉じて伊吹に体を委ねていた。

「夜血の乙女は鬼の若殿のための存在……。若殿のためにだけ生まれてきた人間だと伝承されているが、俺は違うと考えている」

しばらくしてから、伊吹は静かにそう告げた。

「どういうことですか？」

「きっと若殿に足りないものを夜血の乙女は持っている。そう、俺に足りないものを凛は持っているんだよ。凛の血を吸った瞬間、俺もとてつもない幸福感を得た」

――伊吹さんも？

伊吹に血を吸われている間、凛は圧倒的な幸福感を覚えていた。思い出すだけで充足感で胸がいっぱいになるほどの。まさか伊吹も、同じ感覚を味わっていただなんて。

「その時に確信した。……鬼の若殿と夜血の乙女は、きっと対になる存在。魂の片割れなのだ、と」

「魂の片割れ……」

凛にとって、それはとてもしっくりとくる表現だった。

――伊吹さんに血を吸われてる間の、あの満たされるような幸せ、伊吹さんと私がひとつになるべくしてなったから？

「……そうだったとしたら、私はとても嬉しいです」

凛がそんな心情を噛みしめながら言うと、伊吹が頭を優しく撫でてきた。

「まあ、そういうわけだ。俺は凛がいないともうダメなようだよ。なにせ、君は俺の魂の片割れなのだからな」

「……ありがとうございます」

私もです、と伝えるか迷った。だけどまだ少しおこがましい気がした。

伊吹のそばにはずっといたい。しかしこれが果たして恋愛感情なのか、夫婦愛なのか、まだ凛にはよくわからなかった。

「伯奇は俺たちにはこれから困難が待ち受けていると言った。だがその先には幸せがあるとも。あやかしと人間の婚礼なのだから、困難など元より俺は承知の上だよ。思えば、俺はずっと君を幸せにすることを考えていたのだから。……十年前のあの日から」

「十年前？」

凛は首を傾げる。その頃まだ十歳の自分は、周囲に疎まれる日常になんの疑問も抱かずに過ごしていた。自身が夜血の持ち主とも知らずに。

伊吹は目を細めて、懐かしむような表情をしていた。

「十年前俺は、祖父の酒呑童子に連れられて、君の元へと赴いた。俺に捧げられる夜血の乙女を見に」

「え⁉」

凛は驚愕の声を漏らした。まさか、そんなに前に伊吹が自分に会いに来てくれていたとは。

絶世の美男子である伊吹だ。十年前といえど、ひと目でも会っていたとしたら忘れるわけがない。

「そうだったのですか？　ですが、私はあなたに会った覚えは……」

「あの時は、声をかけてはいけないと祖父に言いつけられていたからな。お忍びで人間界に出向いたから、周囲に俺たちの来訪を悟られるわけにもいかなかった」

「そんなことが……。私、全然気づきませんでした」

「ほう、バレてはいけなかったからそれはよかった。だが、俺の贈り物には気づいてくれたのかな」

「贈り物ですか？」

「花だよ」

伊吹の言葉に記憶を手繰り寄せる凛。少し考えて、すぐに桔梗の花束について思い出した。

いつものように妹に虐げられた後、それを見つけた。明らかに誰かが摘み取った、桔梗の花々。

どこか控えめに、しかし鮮やかに咲き乱れた桔梗に、なぜか凛の凍てついた心は優しく溶かされた覚えがあった。

「桔梗の花束ですか？　まさか、あれが伊吹さんからの……！」

凛の言葉を聞いて、伊吹は頬を緩ませて微笑を浮かべた。

「気づいていたのだな。よかった。やせ細った君が生気のない瞳をしていたから、少しでも元気づけたかったのだ」

「少しどころじゃありませんでした。あの花、なぜかとてもかわいらしく感じて、温かい気配を放っていて。家族に見つからないように、枯れるまで大事に持っていました」

「そうだったのか！　きっと俺の気持ちを桔梗の花がくみ取って君に伝えてくれたの

だな。……しかし、桔梗の花言葉を後に知った時はとても驚いた」

「桔梗の花言葉……。すみません、存じ上げていないのですが」

伊吹は一段と優美な笑みを浮かべて、凛の頭を撫でる。

「永遠の愛、だよ」

伊吹の優しい声音で放たれた桔梗の花が持つ意味を聞いて、凛は目を見開いた。

「永遠の愛……」

「そうだ。俺は凛と出会った時に、知らない間に誓っていたらしい。君を一生大切にすることをな。君に最初に渡す浴衣の柄も、迷いもなく桔梗柄にした」

いまだに伊吹に抱きしめられながらも、凛は着用している浴衣に視線を合わせる。

どこか儚げだが美しい佇まいの桔梗が美麗に描かれている。ひと目見た時から、素敵な柄だと凛も感じていた。

――まさかあの時の桔梗の花束とこの浴衣に、伊吹さんのそんな思いが込められていたなんて。

「嬉しい……。嬉しすぎて、どうにかなってしまいそうです。ありがとうございます」

感極まって凛が涙ぐみながら微笑むと、伊吹は凛の頬をそっと撫でた。

「十年もの長い間、ずっと君にそんなふうに笑ってもらうことを夢見ていた。やっと願いが叶ったよ。もし今後、例え凛が嫌だと拒否しても、もう俺は君を離さないからな。覚悟しておけよ」

「嫌だなんて言うはずがありません」

「よし。俺たちはずっとひとつだ」

「はい」

伊吹に包み込まれながら、凛ははっきりとそう答える。

——頑張らなくては。この人の隣に堂々と立てる存在になれるよう、この人の対として恥ずかしくない自分でいたい。

そのためにはまだたくさんの御朱印を集めなくてはならないだろう。きっとそれに関わることが、伯奇の予知夢にあった困難なのだと凛は思う。

だけど必ず多くの御朱印を集めて、あやかしたちに認めてもらうのだと凛は深く決意していた。

愛を知らず、自分の命すら軽々しく扱ってしまっていた哀れな自分に手を差し伸べてくれた、心優しい鬼の若殿の伴侶として、不足ないように。

伊吹の魂の伴侶として、自分を誇れるように。

END

あとがき

　こんにちは、湊祥です。この度は『鬼の生贄花嫁と甘い契りを』をお手に取ってくださり、誠にありがとうございます。本作品は、スターツ出版文庫からは二冊目の書籍です。前作はお茶目な神様との結婚でしたが、今回は妖しくかっこいい鬼との結婚のお話になりました。前作のほのぼの展開とは異なり、ハラハラドキドキを目指したつもりでしたが、楽しんでいただけたでしょうか?

　今回のお話では、鬼を始めとして天狗、猫又、獏、牛鬼など、さまざまな種のあやかしが出ています。日本の妖怪や怪談が大好きな私は、ここぞとばかりにそれはそれは楽しく考えました(笑)。

　実は、登場するほとんどのあやかしたちは実際にある伝説からお名前を拝借しています。酒呑童子は本当に最強の鬼という伝説がありますし、伊吹は酒呑童子の幼名(父親という話も)だったりします。鞍馬も天逆毎も、天狗としてはかなり有名ですね。興味がある方は、そちらも調べてみると楽しいと思います!

　今回のストーリーですが、強いあやかしが実際にいて、人間と共存していたらどういう世の中になっているんだろう、という思いつきから始まりました。きっとあやかしは強く美しくやっぱり人間にとっては恐ろしくも崇高な存在であるに違いないとか、人間は弱い存在だけどあやかしにはないよい面を持っているとか。また、あやかしにも人間にもいい奴も悪い奴もいる、という世界にしたかったです。そういうわけで、人間の女の子に憧れている鞍馬や、凛を苛め抜く家族や、なんだかよからぬことを考えていそうな椿は、書いていてとても楽しかったです。特に鞍馬はかっこかわいいキャラにできた気がするので、とても気に入っています。

また、凛は意思がないようで実は芯が強く、こうだと思ったらてこでも動かない。伊吹は大人に見えて凛にはべた惚れ、本当はもっといちゃつきたいけど日々我慢している……。そんな関係です。御朱印がたまって、早くふたりが心置きなくいちゃいちゃできるようになればいいなあと思っています（笑）。

イラストを担当してくださいました、わいあっと先生。美しくふたりを描いてくださってありがとうございました！　想像通りのふたりでした。

また、本作品に関わってくださったすべての方に感謝を申し上げます。そして、この本を手に取ってくださった方に、改めて熱く御礼申し上げます。

いつかどこかで、またお会いできましたら幸いです。

湊　祥

この物語はフィクションです。実在の人物、団体等とは一切関係がありません。

湊 祥先生へのファンレターのあて先
〒104-0031　東京都中央区京橋1-3-1　八重洲口大栄ビル7F
スターツ出版（株）書籍編集部 気付
湊 祥先生

鬼の生贄花嫁と甘い契りを

2021年10月28日　初版第1刷発行
2022年11月17日　　　第5刷発行

著　者　　湊 祥　

発 行 人　菊地修一
デザイン　フォーマット　西村弘美
　　　　　カバー　北國ヤヨイ
発 行 所　スターツ出版株式会社
　　　　　〒104-0031
　　　　　東京都中央区京橋1-3-1　八重洲口大栄ビル7F
　　　　　出版マーケティンググループ　TEL 03-6202-0386
　　　　　（ご注文等に関するお問い合わせ）
　　　　　URL　https://starts-pub.jp/
印 刷 所　大日本印刷株式会社

Printed in Japan

ISBN　978-4-8137-1169-8　C0193

スターツ出版文庫　好評発売中!!

『30日後に死ぬ僕が、君に恋なんてしないはずだった』　茉白（ましろ）いと・著

難病を患い、余命わずかな呉野は、生きることを諦め日々を過ごしていた。ある日、クラスの明るい美少女・吉瀬もまた“夕方の記憶だけが消える”難病を抱えていると知る。病を抱えながらも前向きな吉瀬と過ごすうち、どうしようもなく彼女に惹かれていく呉野。「君の夕方を僕にくれないか」夕暮れを好きになれない彼女のため、余命のことは隠したまま、夕方だけの不思議な交流を始めるが――。しかし非情にも、病は呉野の体を蝕んでいき…。

ISBN978-4-8137-1154-4／定価649円（本体590円+税10%）

『明日の世界が君に優しくありますように』　汐見夏衛（しおみなつえ）・著

あることがきっかけで家族も友達も信じられず、高校進学を機に祖父母の家に引っ越してきた真波。けれど、祖父母や同級生・漣の優しさにも苛立ち、なにもかもうまくいかない。そんなある日、父親と言い争いになり、自暴自棄になる真波に漣は裏表なくまっすぐ向き合ってくれ…。真波は彼に今まで秘めていたすべての思いを打ち明ける。真波が少しずつ前に踏み出し始めた矢先、あることがきっかけで漣が別人のようにふさぎ込んでしまい…。真波は漣のために奔走するけれど、実は彼は過去にある後悔を抱えていた――。

ISBN978-4-8137-1157-5／定価726円（本体660円+税10%）

『鬼の花嫁四～前世から繋がる縁～』　クレハ・著

玲夜からとどまることなく溺愛を注がれる鬼の花嫁・柚子。そんなある日、龍の加護で神力が強まった柚子の前に、最強の鬼・玲夜をも脅かす力を持つ謎の男が現れる。そして、求婚に応じなければ命を狙うと脅されて…!?「俺の花嫁は誰にも渡さない」と玲夜に死守されつつ、柚子は全力で立ち向かう。そこには龍のみが知る、過去の因縁が隠されていた…。あやかしと人間の和風恋愛ファンタジー第四弾！

ISBN978-4-8137-1156-8／定価682円（本体620円+税10%）

『鬼上司の土方さんとひとつ屋根の下』　真彩（まあや）-mahya-・著

学生寮で住み込みで働く美晴は、嵐の夜、裏庭に倒れている美男を保護する。刀を腰に差し、水色に白いギザギザ模様の羽織姿…その男は、幕末からタイムスリップしてきた新選組副長・土方歳三だった！　寮で働くことになった土方は、持ち前の統制力で学生を瞬く間に束ねてしまう。しかし、住まいに困る土方は美晴と同居すると言い出して…!?　ひとつ屋根の下、いきなり美晴に壁ドンしたかと思えば、「現代では、好きな女にこうするんだろ？」――そんな危なっかしくも強くて優しい土方に恋愛経験の無い美晴はドキドキの毎日で…!?

ISBN978-4-8137-1155-1／定価704円（本体640円+税10%）

スターツ出版文庫　好評発売中!!

『記憶喪失の君と、君だけを忘れてしまった僕。2～夢を編む世界～』　小鳥居ほたる・著

生きる希望もなく過ごす高校生の有希は、一冊の本に出会い小説家を志す。やがて作家デビューを果たすが、挫折を味わいまた希望を失ってしまう。そんな中、なぜか有希の正体が作家だと知る男・佐倉が現れる。口の悪い彼を最初は嫌っていた有希だが、閉ざしていた心に踏み込んでくる彼にいつしか救われていく。しかし佐倉には結ばれることが許されぬ秘密があった。有希は彼の幸せのために身を引くべきか、想いを伝えるべきか揺れ動くが…。その矢先、彼を悲劇的な運命が襲い――。1巻の秘密が明らかに!? 切ない感動作、第2弾！

ISBN978-4-8137-1139-1／定価693円（本体630円+税10%）

『半透明の君へ』　春田モカ・著

あるトラウマが原因で教室内では声が出せない“場面緘黙症”を患っている高２の柚葵。透明人間のように過ごしていたある日、クールな陸上部のエース・成瀬がなぜか度々柚葵を助けてくれるように。まるで、彼に自分の声が聞こえているようだと不思議に思っていると、成瀬から突然『人の心が読めるんだ』と告白される。少しずつふたりは距離を縮め惹かれ合っていくけれど、成瀬と柚葵の間には、ある切なすぎる過去が隠されていた…。“消えたい”と“生きたい”の間で葛藤するふたりが向き合うとき、未来が動き出す――。

ISBN978-4-8137-1141-4／定価671円（本体610円+税10%）

『山神様のあやかし保育園二～妖こどもに囲まれて誓いの口づけいたします～』　皐月なおみ・著

お互いの想いを伝え合い、晴れて婚約できた保育士のぞみと山神様の紅。同居生活をスタートして彼からの溺愛は増すばかり。でも、あやかし界の頂点である大神様のお許しがないと結婚できないことが発覚。ふたりであやかしの都へ向かうと、多妻を持つ女好きな大神様にのぞみが見初められてしまい…。さらに大神様の令嬢、雪女のふぶきちゃんも保育園に入園してきて一波乱!?果たしてふたりは無事結婚のお許しをもらえるのか…？保育園舞台の神様×保育士ラブコメ、第二弾！

ISBN978-4-8137-1140-7／定価693円（本体630円+税10%）

『京の鬼神と甘い契約～天涯孤独のかりそめ花嫁～』　栗栖ひよ子・著

幼い頃に両親を亡くし、京都の和菓子店を営む祖父のもとで働く茜は、特別鋭い味覚を持っていた。そんなある日、祖父が急死し店を弟子に奪われてしまう。追放された茜の前に浮世離れした美しさを纏う鬼神・伊吹が現れる。「俺と契約しよう。お前の舌が欲しい」そう甘く迫ってくる彼は、身寄りのない茜を彼の和菓子店で雇ってくれるという。しかし伊吹が提示してきた条件は、なんと彼の花嫁になることで…!?祖父の店を取り戻すまでの期限付きで、俺様&溺愛気質な伊吹との甘くキケンな偽装結婚生活が始まって――。

ISBN978-4-8137-1142-1／定価638円（本体580円+税10%）

スターツ出版文庫　好評発売中!!

『今夜、きみの声が聴こえる～あの夏を忘れない～』　いぬじゅん・著

高２の咲希は、幼馴染の奏太に想いを寄せるも、関係が壊れるのを恐れて告白できずにいた。そんな中、奏太が突然、事故で亡くなってしまう。彼の死を受け止められず苦しむ咲希は、導かれるように、祖母の形見の古いラジオをつける。すると、そこから死んだはずの奏太の声が聴こえ、気づけば事故が起きる前に時間が巻き戻っていて――。咲希は奏太が死ぬ運命を変えようと、何度も時を巻き戻す。しかし、運命を変えるには、代償としてある悲しい決断をする必要があった…。ラスト明かされる予想外の秘密に、涙溢れる感動、再び！

ISBN978-4-8137-1124-7／定価682円（本体620円＋税10％）

『余命一年の君が僕に残してくれたもの』　日野祐希・著

母の死をきっかけに幸せを遠ざけ、希望を見失ってしまった瑞樹。そんなある日、季節外れの転校生・美咲がやってくる。放課後、瑞樹の図書委員の仕事を美咲が手伝ってくれることに。ふたりの距離も縮まってきたところ、美咲の余命がわずかなことを突然打ち明けられ…。「私が死ぬまでにやりたいことに付き合ってほしい」――瑞樹は彼女のために奔走する。でも、彼女にはまだ隠された秘密があった――。人見知りな瑞樹と天真爛漫な美咲。正反対のふたりの期限付き純愛物語。

ISBN978-4-8137-1126-1／定価649円（本体590円＋税10％）

『かりそめ夫婦の育神日誌～神様双子、育てます～』　編乃 肌・著

同僚に婚約破棄され、職も住まいも全て失ったみずほ。そんなある日、突然現れたのは、水色の瞳に冷ややかさを宿した美神様・水明。そしてみずほは、まだおチビな風神雷神の母親に任命される。しかも、神様を育てるために、水明と夫婦の契りを結ぶことが決定していて…⁉「今日から俺が愛してやるから覚悟しとけよ？」強引な水明の求婚で、いきなり始まったかりそめ家族生活。不器用な母親のみずほだけど、「まぁま、だいちゅき」と懐く雷太と風子。かりそめの関係だったはずが、可愛い子供達と水明に溺愛される毎日で――⁉

ISBN978-4-8137-1125-4／定価682円（本体620円＋税10％）

『後宮妃は龍神の生贄花嫁　五神山物語』　唐澤和希・著

有能な姉と比較され、両親に虐げられて育った黄煉花。後宮入りするも、不運にも煉花は姉の策略で身代わりとして恐ろしい龍神の生贄花嫁に選ばれてしまう。絶望の淵で山奥に向かうと、そこで出迎えてくれたのは見目麗しい男・青嵐だった。期限付きで始まった共同生活だが、徐々に距離は縮まり、ふたりは結ばれる。そして妊娠が発覚！しかし、突然ふたりは無情な運命に引き裂かれ…「彼の子を産みたい」とひとり隠れて産むことを決意するが…。「もう離さない」ふたりの愛の行く末は⁉

ISBN978-4-8137-1127-8／定価660円（本体600円＋税10％）

スターツ出版文庫　好評発売中!!

『僕らの奇跡が、君の心に届くまで。』　音はつき・著

幼い頃に家族を失い、その傷に蓋をして仲間と明るく過ごす高３の葉。仲間のひとりで片想い中の胡桃だけが、心の傷を打ち明けられる唯一の存在だった。しかし、夏休みのある日、胡桃が事故で記憶を失ってしまう。多くの後悔を抱えた葉だったが、ある日気づくと、夏休みの前に時間が戻っていて…。迎えた二度目の夏、胡桃との大切な日々を“使い果たそう”と決意する葉。そして彼女に降りかかる残酷な運命を変えるため、ひとり“過去”に立ち向かうけれど——。ラスト、涙が溢れる青春感動傑作！

ISBN978-4-8137-1111-7／定価671円（本体610円+税10%）

『あの夏、僕らの恋が消えないように』　永良サチ・著

「私はもう二度と恋はしない——」幼いころから好きになった異性の寿命を奪ってしまう奇病を持つ瑠奈。大好きな父親を亡くしたのも自分のせいだと思い込んでいた。そんなある日、幼馴染の十和と再会。彼に惹かれてしまう瑠奈だったが「好きになってはいけない」と自分に言い聞かせ、冷たくあしらおうとする。しかし、十和は彼女の秘密を知っても一緒にいようとしてくれて——。命を削ってもなお、想い続けようとするふたりの切なく狂おしい純愛物語。

ISBN978-4-8137-1112-4／定価649円（本体590円+税10%）

『お伊勢 水神様のお宿で永遠の愛を誓います』　和泉あや・著

千年の時空を越えて恋が実り、晴れて水神様ミヅハと夫婦になったいつき。ミヅハは結婚前のクールな態度が嘘のように、いつきに甘い言葉を囁き溺愛する日々。幸せいっぱいのいつきは、神様とあやかしのお宿「天のいわ屋」の若女将として奮闘していた。そんなある日、ミヅハが突如、原因不明の眠りに落ちてしまう。さらに陰陽師集団のひとり、平がいつきに突然求婚してきて…!?そこは千年前から続く、とある因縁が隠されていた。伊勢を舞台にした神様と人間の恋物語、待望の第二弾！

ISBN978-4-8137-1113-1／定価649円（本体590円＋税10%）

『夜叉の鬼神と身籠り政略結婚二～奪われた鬼の子～』　沖田弥子・著

一夜の過ちから鬼神の顔を持つ上司・柊夜の子を身籠ったあかり。ただの政略結婚だったはずが、一歳に成長した息子・悠の可愛さに、最強の鬼神もすっかり溺愛夫（パパ）に。そんな中、柊夜のライバルの鬼神・神宮寺が夫婦に忍び寄る。柊夜はあかりのためにサプライズで結婚式を用意するが、その矢先、悠がさらわれて…!?悠のために生贄として身を差し出そうとするあかり。しかし、彼女のお腹には新しい命が宿っていた——。愛の先にあるふたりの運命とは？ご懐妊シンデレラ物語、第二弾！

ISBN978-4-8137-1110-0／定価671円（本体610円+税10%）

スターツ出版文庫　好評発売中!!

『今夜、きみの涙は僕の瞬く星になる』　此見(このみ)えこ・著

恋愛のトラウマのせいで、自分に自信が持てないかの子。あるきっかけで隣の席の佐々原とメールを始めるが突然告白される。学校で人気の彼がなぜ地味な私に？違和感を覚えつつも付き合うことに。しかし、彼はかの子にある嘘をついていて…。それでもかの子は彼の優しさだけは嘘だとは思えなかった。「君に出会う日をずっと待ってた」彼がかの子を求めた本当の理由とは…？星の見える夜、かの子は彼を救うためある行動に出る。そして見つけたふたりを結ぶ真実とは──。切なくも希望に満ちた純愛物語。

ISBN978-4-8137-1095-0／定価660円（本体600円+税10%）

『後宮の寵姫は七彩の占師』　喜咲冬子(きさきとうこ)・著

異能一族の娘・翠玉は七色に光る糸を操る占師。過去の因縁のせいで虐げられ生きてきた。ある日、客として現れた気品漂う美男が後宮を蝕む呪いを解いて欲しいと言う。彼の正体は因縁の一族の皇帝・啓進だった！そんな中、突如賊に襲われた翠玉はあろうことか啓進に守られてしまう。住居を失い途方にくれる翠玉。しかし、啓進は事も無げに「俺の妻になればいい」と強引に後宮入りを迫ってきて…⁉かくして“偽装夫婦”となった因縁のふたりが後宮の呪いに挑む──。後宮シンデレラ物語。

ISBN978-4-8137-1096-7／定価726円（本体660円+税10%）

『鬼の花嫁三～龍に護られし娘～』　クレハ・著

あやかしの頂点に立つ鬼、鬼龍院の次期当主・玲夜の花嫁となってしばらく経ち、玲夜の柚子に対する溺愛も増すばかり。柚子はかくりよ学園の大学二年となり順調に花嫁修業を積んでいた。そんな中、人間界のトップで、龍の加護を持つ一族の令嬢・一龍斎ミコトが現れる。お見合いを取りつけて花嫁の座を奪おうとするミコトに対し、自分が花嫁にふさわしいのか不安になる柚子。「お前を手放しはしない」と玲夜に寵愛されてつつも、ミコトの登場で柚子と玲夜の関係に危機…⁉あやかしと人間の和風恋愛ファンタジー第三弾！

ISBN978-4-8137-1097-4／定価693円（本体630円＋税10%）

『縁結びのしあわせ骨董カフェ～もふもふ猫と恋するふたりがご案内～』　蒼井紬希(あおいつむぎ)・著

幼いころから人の心が読めてしまうという特殊能力を持つ凛音。能力のせいで恋人なし、仕事なしのどん底な毎日を送っていた。だが、ある日突然届いた一通の手紙に導かれ、差出人の元へ向かうと…そこには骨董品に宿る記憶を紐解き、ご縁を結ぶ「骨董カフェ」だった⁉イケメン店主・時生に雇われ住み込みで働くことになった凛音は、突然の同居生活にドキドキしながらも、お客様の骨董品を探し、ご縁を結んでいき…。しあわせな気持ちになれる、もふもふ恋愛ファンタジー。

ISBN978-4-8137-1098-1／定価682円（本体620円＋税10%）